AF293124

Tucholsky Wagner Zola Scott Sydow Freud Schlegel
Turgenev Wallace Fonatne
Twain Walther von der Vogelweide Fouqué Friedrich II. von Preußen
Weber Freiligrath Frey
Fechner Weiße Rose von Fallersleben Kant Ernst Frommel
Fichte Richthofen
Engels Fielding Hölderlin
Fehrs Faber Flaubert Eichendorff Tacitus Dumas
Maximilian I. von Habsburg Fock Eliasberg Zweig Ebner Eschenbach
Feuerbach Eliot Vergil
Ewald
Goethe Elisabeth von Österreich London
Mendelssohn Balzac Shakespeare Dostojewski Ganghofer
Lichtenberg Rathenau Doyle Gjellerup
Trackl Stevenson Hambruch
Mommsen Tolstoi Lenz Droste-Hülshoff
Thoma Hanrieder
von Arnim Hägele Hauff Humboldt
Dach Verne
Reuter Rousseau Hagen Hauptmann Gautier
Karrillon Garschin
Defoe Baudelaire
Damaschke Hebbel
Descartes
Hegel Kussmaul Herder
Wolfram von Eschenbach Dickens Schopenhauer
Darwin Melville Grimm Jerome Rilke George
Bronner Bebel
Campe Horváth Aristoteles Proust
Voltaire Federer
Bismarck Vigny Barlach Herodot
Gengenbach Heine
Storm Casanova Tersteegen Grillparzer Georgy
Chamberlain Lessing Langbein Gilm
Gryphius
Brentano Lafontaine
Strachwitz Claudius Schiller Kralik Iffland Sokrates
Schilling
Katharina II. von Rußland Bellamy Raabe Gibbon Tschechow
Gerstäcker
Löns Hesse Hoffmann Gogol Wilde Vulpius
Luther Heym Hofmannsthal Gleim
Roth Klee Hölty Morgenstern Goedicke
Heyse Klopstock Kleist
Luxemburg Puschkin Homer Mörike Musil
La Roche Horaz
Machiavelli Kierkegaard Kraft Kraus
Navarra Aurel Musset Moltke
Nestroy Marie de France Lamprecht Kind Kirchhoff Hugo
Laotse Ipsen Liebknecht
Nietzsche Nansen Ringelnatz
Marx Lassalle Gorki Klett
von Ossietzky May Leibniz
vom Stein Lawrence Irving
Petalozzi Knigge
Platon Kafka
Pückler Michelangelo Kock
Sachs Poe Liebermann
de Sade Praetorius Mistral Zetkin Korolenko

Der Verlag tredition aus Hamburg veröffentlicht in der Reihe **TREDITION CLASSICS** Werke aus mehr als zwei Jahrtausenden. Diese waren zu einem Großteil vergriffen oder nur noch antiquarisch erhältlich.

Symbolfigur für **TREDITION CLASSICS** ist Johannes Gutenberg (1400 — 1468), der Erfinder des Buchdrucks mit Metalllettern und der Druckerpresse.

Mit der Buchreihe **TREDITION CLASSICS** verfolgt tredition das Ziel, tausende Klassiker der Weltliteratur verschiedener Sprachen wieder als gedruckte Bücher aufzulegen – und das weltweit!

Die Buchreihe dient zur Bewahrung der Literatur und Förderung der Kultur. Sie trägt so dazu bei, dass viele tausend Werke nicht in Vergessenheit geraten.

Mondnacht

Leopold Sacher-Masoch

Impressum

Autor: Leopold Sacher-Masoch
Umschlagkonzept: toepferschumann, Berlin

Verlag: tredition GmbH, Hamburg
ISBN: 978-3-8424-1335-1
Printed in Germany

Rechtlicher Hinweis:
Alle Werke sind nach unserem besten Wissen gemeinfrei und unterliegen damit nicht mehr dem Urheberrecht.

Ziel der TREDITION CLASSICS ist es, tausende deutsch- und fremdsprachige Klassiker wieder in Buchform verfügbar zu machen. Die Werke wurden eingescannt und digitalisiert. Dadurch können etwaige Fehler nicht komplett ausgeschlossen werden. Unsere Kooperationspartner und wir von tredition versuchen, die Werke bestmöglich zu bearbeiten. Sollten Sie trotzdem einen Fehler finden, bitten wir diesen zu entschuldigen. Die Rechtschreibung der Originalausgabe wurde unverändert übernommen. Daher können sich hinsichtlich der Schreibweise Widersprüche zu der heutigen Rechtschreibung ergeben.

Leopold von Sacher-Masoch

Mondnacht.

Novelle.

Motto:

Beethoven Mondscheinsonate.
Oeuvre 27, 2.

Statt eines Vorwortes.

Aus einem Brief des Verfassers an die Herausgeber des »Salon.«

Da haben Sie endlich die »*Mondnacht.*« Wenn ich etwas spät damit komme, so werden Sie es mir vergeben. Die Novelle ist etwas
ganz Anderes geworden, als ich zuerst beabsichtigte und mit der
Idee und dem Vorwurfe wuchs auch der Umfang. Erlauben Sie mir,

ehe Sie dieselbe lesen, mit Ihnen eingehender von meiner Dichtung zu sprechen.

Ich fürchte, daß dieselbe dem Rahmen einer eleganten Zeitschrift beinahe entwachsen ist; aber der »Salon« ist auch ein Organ für alle ernsten Interessen der Nation, der Gesellschaft und so hoffe ich wieder nicht ganz Unwillkommenes zu bieten.

Eben ein Blatt wie das Ihre, denke ich, müßte vor Allem jener Prüderie, jener Heuchelei den Rücken kehren, welche noch auf unserem ganzen Leben lastet und im Norden mehr wie im Süden. Es hat mich oft schon mit Bitterkeit erfüllt, daß dem deutschen Dichter nicht gestattet werden will, gleich dem französischen oder russischen, die tiefen Probleme des Menschenlebens und der Gesellschaft in den Kreis seiner Darstellung zu ziehen, daß Bücher wie der Faust, Werther und die Wahlverwandtschaften, welche den anderen Nationen vorzugsweise Achtung vor dem deutschen Genius einflößen, in der deutschen Literatur so entsetzlich vereinsamt dastehen.

Es darf freilich verlangt werden, daß diese Fragen, welche gleichsam in den Eingeweiden jedes Menschen wühlen, nur mit wirklichem Ernst behandelt werden, daß da jede Frivolität bei Seite gelassen wird; aber eine Nation, welche einen *Schopenhauer* hervorgebracht hat, kann sich auch in der Poesie nicht für die Dauer einer strengen und tiefen Erörterung der socialen Fragen verschließen.

Ich habe eine solche zuerst in meinem »*Don Juan von Kolomea*« gewagt und ich glaube sagen zu dürfen: mit Glück. Aus allen Theilen Deutschlands wurden mir Kritiken voll warmer Zustimmung, kamen mir zustimmende Briefe zu, von den namhaftesten Schriftstellern, von hochachtbaren Frauen wie von einfachen Lesern, und es war nicht allein die Form, der Realismus der Darstellung, welcher Beachtung fand, sondern gerade der Inhalt, die Weltanschauung, die leitenden Ideen.

Die »*Mondnacht*« gehört ebenso wie »Don Juan von Kolomea« einem von mir beabsichtigten Cyklus von Novellen an, welche das Verhältniß von Mann und Weib behandeln sollen.

Diese Dichtung, ich weiß es selbst am besten, schneidet in das Fleisch der Gesellschaft; aber sie ist gewiß ebenso wenig frivol wie

die Novelle, die ihr vorausging und gleich dieser – um Kürnbergers
Worte zu citiren – *»ein Stück Naturgeschichte des Menschen.«* Das
Ungewöhnliche liegt wohl nicht so sehr am Sujet, als in den Ideen
und der Darstellung. Die Lebensanschauung der großen slawischen
Welt im Osten wird freilich auf den ersten Blick für den deutschen
Leser etwas Ungewöhnliches haben; aber entspricht sie nicht in
ihren Grundzügen ganz den Ideen Schopenhauers? Findet man
nicht da wie dort denselben gesunden Pessimismus, dieselbe rück-
haltlose Anerkennung der Naturgesetze, dasselbe Gefühl der
Nothwendigkeit, dieselbe Resignation, dieselbe Strenge des Pflicht-
gefühls, dieselbe tiefe Natur-, Thier- und Menschenliebe?

Wenn *Turgènjew* sagt: »Das Leben ist kein Scherz, kein Spiel, das
Leben ist auch kein Genuß, das Leben ist eine schwere Arbeit. Entsagung, beständige Entsagung: das ist sein geheimer Sinn, das ist
sein Räthselwort; nicht auf Verwirklichung seiner Ideale, sondern
auf die Erfüllung seiner Pflicht soll der Mensch bedacht sein,« –
meint man da nicht Schopenhauer zu hören? – Dieselbe Lebensanschauung finden Sie auch bei mir, in dem »Don Juan,« im »Capitu-
lanten,« in der »Mondnacht,« nur vielleicht noch etwas prononcir-
ter.

Erlauben Sie mir schließlich noch ein Wort über das *Wunderbare,
scheinbar Phantastische*, das in der Novelle liegt. ich bin auf Zweifel
gefaßt. In diesem Sinne habe ich das Vorwort an Grafen Stadion
geschrieben. *Die Somnambule ist vollkommen nach der Natur gezeichnet,*
jeder Zug ihrer Geschichte ist *wahr* und *erlebt*.

An Emerich Grafen Stadion in Venedig.

Lieber Emerich!

Du bist vielleicht der Einzige, der meine Geschichte ganz verstehen, ganz glauben wird, denn es war ja das kleine Haus mit den
düsteren Bäumen, in dem wir uns das erstemal trafen und die Hand
drückten. Du kennst die schöne bleiche Frau mit dem offenen dunklen Haar und dem kranken Herzen, die in der Mondnacht mit geschlossenen Augen ein anderes wunderbares Leben lebt, Du weißt,
daß nur die Decoration und die Staffage hie und da etwas verändert, daß jeder Zug in meiner Geschichte erlebt ist; Du erinnerst

dich gewiß noch auf alles ebenso genau wie ich, auf die pelzbesetzte Sammetjacke, die abgegriffene Ausgabe des Faust und die kleinen braunen Fauteuils, und Du weißt auch, daß sie mit geschlossenen Lidern schärfer sah als wir mit unseren offenen Augen, daß sie Jedem gleichsam das Herz aus der Brust nahm und es lächelnd vorwies wie ein anatomisches Präparat! Du hast gewiß noch den lieben kindlichen Ton im Ohre, mit dem sie zu mir sprach, mit dem sie mir im tiefen somnambulen Schlafe ihre Schicksale erzählte, so klar, so fließend, so schalkhaft oft, so bis in das kleinste Detail lebendig und gegenwärtig, wie wenn sie dieselbe aus einem höchst trefflichen Buche herauslesen würde. Du allein wirst alles verstehen, alles, deßhalb schreibe ich Deinen Namen über diese Geschichte, die Dir ein herzlicher Gruß sein soll und eine wehmüthige Erinnerung.

Dein

Graz, 12. März 1868.

Leopold.

Es war eine klare, warme Augustnacht. Ich kam vom Gebirge herab, die Flinte auf der Schulter, mein großer schwarzer englischer Wasserhund ging müde Schritt für Schritt hinter mir und ließ die Zunge hängen. Wir waren vom Wege abgekommen. Mehr als einmal stand ich still, blickte umher und suchte mich zurecht zu finden. Dann setzte sich mein Hund regelmäßig nieder und sah mich an.

Vor uns lag ein sanftes bewaldetes Hügelland. Ueber den blauschwarzen Bäumen stand der volle rothe Mond und warf ein grelles Feuer auf den dunkeln Himmel. Groß und ruhig floß der weiße Strom der Sterne von Osten gegen Westen, tief am nördlichen Horizonte stand der große Bär. Zwischen den nahen Weidenstämmen stieg ein leichter durchsichtiger Dunst von dem kleinen Sumpfe auf, welcher in mattem grünem Schimmer zitterte, eine Rohrdommel stöhnte im Schilf. Wie wir vorwärts schritten, füllte sich die Landschaft immer mehr mit Licht. Zu beiden Seiten traten die düsteren Baumwände langsam zurück und vor uns wogte die Ebene, ein grünes schimmerndes Meer, auf dem ein weißer Edelhof mit seinen großen Pappelbäumen wie ein Schiff mit vollen Segeln schwamm. Von Zeit zu Zeit zog ein sanfter Luftstrom durch Halme und Blätter und mit ihm ein wunderbarer Ton. Als ich näher kam, entfaltete er sich in schwermüthiger Schönheit. Es war ein gutes Piano und eine geübte feine Hand spielte die Mondscheinsonate von Beethoven. Mir war es, als werfe eine wunde Menschenseele ihre Thränen auf die Tasten. Eine verzweifelte Dissonanz – dann schwieg das Instrument. Ich war kaum hundert Schritte von dem kleinen einsamen Edelhofe entfernt, dessen finstere Pappeln trübselig rauschten. Ein Hund rasselte traurig an seiner Kette, ein fernes Wasser sang einförmig, weinerlich durch die Nacht.

Jetzt erschien eine Frau auf der Freitreppe, stützte beide Arme auf das Geländer und blickte hinab. Es war eine hohe schlanke Gestalt. Ihr bleiches Gesicht leuchtete im Mondlicht wie Phosphor, das dunkle Haar in einen üppigen Knoten geschlungen floß ihr über die weißen Schultern. Sie hörte meine Schritte, richtete sich auf und wie ich am Fuße der Treppe stand, heftete sie ein paar große nasse dunkle Augen auf mich. Ich erzählte meine Geschichte und bat um ein Nachtlager.

»Alles, was unser ist,« sprach sie mit tiefer, weicher Stimme, »steht Ihnen zu Diensten; wir haben so selten die Freude, einen Gast zu bewirthen. Kommen Sie.«

Ich stieg die morschen hölzernen Stufen empor, drückte die kleine zitternde Hand, welche die Herrin mir entgegenstreckte und folgte ihr durch die offene Thüre in das Haus.

Wir traten in ein großes viereckiges Zimmer mit weißgetünchten Wänden, dessen ganze Einrichtung in einem alten Spieltische und fünf hölzernen Stühlen bestand. Dem Spieltische fehlte ein Bein, statt dessen war einer der problematischen Stühle untergeschoben und stützte mit aufgeschichteten Ziegelsteinen die schwankende Platte. An dem Spieltisch saßen vier Männer beim Taroc. Der Gutsherr, ein kleiner Mann mit stumpfen, festen Zügen, kleinen tiefen blauen Augen, einem kurzen, trockenen Schnurrbart, kurzgeschorenem blonden Haar erhob sich, mich zu begrüßen, hielt die Pfeife mit den Zähnen fest und bot mir die Hand. Während ich meine Geschichte und meine Bitte wiederholte, ordnete er seine Karten und nickte zustimmend mit dem Kopfe, dann saß er wieder auf seinem Stuhle und nahm nicht weiter Notiz von mir.

Die Edelfrau hatte einen Sessel aus dem Nebenzimmer geholt und für mich an die gefährliche Ecke gesetzt, dann verließ sie uns, um ihre Anordnungen zu treffen, und ließ mir Muße, die Gesellschaft zu betrachten.

Da war zuerst der russische Pfarrer aus dem nächsten Dorfe, ein Athlet an Knochenbau und Muskelkraft mit dem Nacken eines Stiers, einem blöden versoffenen Gesicht, auf dem der Schnaps in allen Nuancen von Roth brannte. Er lächelte immerfort mitleidig und stopfte zuweilen aus einer hohen ovalen Rindendose Tabak in seine platte aufgestülpte Nase, zog dann ein blaues Tuch mit phantastischen türkischen Blumen aus der Brust und wischte sich den Mund. Neben ihm saß ein Nachbar unseres Wirthes, ein lockerer Pächter in schwarzem Schnürrock, welcher unermüdlich leise durch die Nase sang und die stärksten geschwärzten Cigarren rauchte. Der dritte war ein Husarenofficier mit dünnem Haar und starrem schwarzen Schnurrbart. Der lag da im Quartier und hatte es sich bequem gemacht. Er war ohne Cravatte, im offenen Sommerkittel mit verschossenen Aufschlägen, verzog keine Miene beim Spiele, nur dampfte er furchtbar, wenn er verlor und trommelte zu gleicher Zeit mit der rechten Hand auf dem Tische. Man lud mich ein mitzuspielen. Ich entschuldigte mich durch Müdigkeit. Wir bekamen bald etwas kalte Küche und Wein.

Die Edelfrau kehrte zurück, nahm in einem kleinen braunen Fauteuil, den der Kosak hereinrollte, Platz und zündete sich eine Cigarette an. Sie nippte aus meinem Glase und reichte es mir mit einem anmuthigen Lächeln. Wir plauderten von der Sonate, welche sie mit so viel Verständniß gespielt hatte, von dem neuesten Buche Turgènjews, von der russischen Schauspielergesellschaft, die in Kolomea einige Vorstellungen gegeben hatte, von der Ernte, den Gemeindewahlen, von unsern Bauern, die Kaffee zu trinken beginnen und wie die Zahl der Pflüge im Dorfe zugenommen habe seit der Aufhebung der Unterthänigkeit. Sie lachte auf und warf sich in ihrem Sessel herum. Der Mond schien gerade auf sie.

Plötzlich wurde sie still, schloß die Augen, klagte nach einer Weile über Kopfweh und ging auf ihr Zimmer. Ich pfiff meinem Hunde und zog mich gleichfalls zurück.

Der Kosak führte mich durch den Hof. Auf einmal stand er still und blickte mit einem tölpelhaften Lächeln in den Mond. »Was das für eine Macht hat über Menschen und Vieh,« sagte er. »Unser Betyar heult ihn die ganze Nacht an und der Kater macht Musik auf dem Dache, und wenn er unserer Köchin ins Gesicht scheint, spricht sie aus dem Schlafe und wahrsagt. So wahr ich meine Mutter liebe.«

Mein Zimmer lag rückwärts nach dem Garten, von dem aus eine schmale Terrasse bis zu meinem Fenster emporstieg. Ich öffnete es und lehnte mich hinaus.

Der volle Mond goß aus erhabener Höhe sein feierliches, heiliges Licht in die Landschaft, er schwebte rein und wolkenlos über mir, die räthselhafte Welt seiner Oberfläche lag nur wie ein matter Duft, wie die zarte Zeichnung einer von innen erleuchteten Krystalllampe auf seiner Scheibe. Ueber den tiefblauen Himmel flog nicht ein Wölkchen, schwamm nicht einmal jener leichte glänzende Dunst, der von Mondlicht durchwoben ihn mit geheimnisvollen Schleiern verhüllt. Die Sterne blitzten nur hin und wieder wie kleine verlöschende Funken auf. Endlos, träumerisch stumm, streckte sich die heimathliche Fläche gegen Osten. Große milchweiße Maiskolben neigten sich über den Gartenzaun zu mir herüber und weit hinaus lehnte sich Feld an Feld wie auf einem ungeheuren Schachbrett, weißer Roggen wechselte mit braunem Buchweizen und dunklem Weideland. Da und dort drängten sich schwarze Garben wie kleine Bauernhütten zusammen. Ein Feuer brannte einsam am Horizonte und trieb seinen silbergrauen Rauch still und langsam aufwärts. Schatten glitten über dasselbe und verschwanden, und näher zu mir klangen von Zeit zu Zeit dumpfe Glöckchen, und Pferde, mit zusammengebundenen Vorderfüßen grasend, tauchten seltsam auf und ab. Und wo die Sense hell und scharf erklang, leuchteten mächtige Heuschober in feuchtem Dunst, lag die Wiese in nassem Schimmer, streckten sich magere schwarze Ziehbrunnen, standen dunkle Maulwurfshügel wie ein ferner Festungsgürtel. Und dort zerschnitt der schnelle blitzende Bergfluß die Gegend, von Sümpfen wie von Stücken eines zerbrochenen Spiegels umgeben.

Durch den Garten ging unhörbar auf sammetnen Pfoten eine weiße Katze, sie schimmerte wie Schnee zwischen den hohen Gräsern, welche sich nur leise bewegten und gab manchmal jenen traulichen sehnsüchtigen Ton, ähnlich dem Gurren einer Taube, dem eigensinnigen Weinen eines verschlafenen Kindes. Sie sprang über den Zaun und tauchte nach einer Weile links am Fuße des Dammes auf, welcher wie der Trümmerrest eines Tartarenwalles vom Edelhofe zu dem Dorfe lief. Sie erkletterte ihn geräuschlos und saß jetzt leise klagend an dem Ufer des Teiches, in dessen mattem silbernen Spiegel sie sich zu betrachten schien. Großblätterige Wasserlinsen spannten über denselben einen grünen, gleich einem Spitzentuche regelmäßig durchbrochenen Ueberzug, aus dem weiße und gelbe Seerosen wie bunte Flammen im blauen Mondlicht emporloderten.

Jetzt dehnte die kleine verliebte Nachtwandlerin die weichen Glieder und ging leise an dem hohen blanken Schilf, den bleichen Wasserlilien, dem Kahn, der an seiner Kette ächzte, dem schlafenden Schwan vorüber, gegen den tiefen dampfenden Wald, welcher, vom Mond beglänzt, wie eine glatt polirte Wand dastand. Ringsum in den feuchtglänzenden Büschen, welche den Teich, den Fluß umsäumten, sangen die Nachtigallen und jetzt schluchzte eine ganz nahe, im Garten, so süß, so herzzerreißend. Die schweren Obstbäume dämpften mit ihren zahllosen schwarzen Blättern das klare Licht des Mondes und doch leuchtete jedes Gras, und jede Blume sprühte ein magisches Feuer; so oft die Luft leise durch den Garten strich, rieselte flüssiges Silber über den Rasen, die Kieswege, die Himbeersträuche unter meinem Fenster; der rothe Mohn begann zu brennen, die Melonen lagen wie goldene Kugeln in den grünen Beeten, die Wasserkufe schien mit Silber gefüllt, der Flieder, von Leuchtwürmern bedeckt stand im feuchten Dunst wie der brennende Busch Mosis und Leuchtkäfer flogen wie Funken aus demselben empor. Die Geisblattlaube mit Mondlicht gefüllt und von innen erleuchtet, erhob sich aus dem Garten wie eine Kapelle, in der die ewige Lampe brennt. Berauschender Duft von Flieder und Thymian stieg auf und manchmal trug ein Lüftchen den frischen Heugeruch der Wiesen herüber.

Die ganze Natur dämmerte leise im keuschen Licht der Mondnacht und schien nach Ausdruck zu ringen. Das Wasser sang einförmig fort, die Luft schlug von Zeit zu Zeit die Blätter der Bäume zusammen, die Nachtigallen schluchzten, die Grashüpfer schwirrten, da und dort schnarrte ein Laubfrosch, in dem Fensterstock, auf dem ich lag, pochte emsig der Holzwurm und über meinem Haupte zwitscherten in ihrem heiligen Nest die Schwalben. Und jetzt begann die Mondnacht zu tönen, Licht, Duft und Melodie wurden Eins: die Edelfrau spielte die Mondscheinsonate. Mir wurde wunderbar still zu Muthe und wie sie zu Ende war, schwiegen die Bäume, die Nachtigallen, nur der Holzwurm pochte fort.

Strenge Unbeweglichkeit, tiefe Stille in der weiten Landschaft, bis sich ein scharfer frischer Wind erhob und abgerissene Accorde eines schwermüthigen Liedes zu mir trug.

Es waren die Schnitter, welche die kühle helle Nacht benutzten und emsig arbeiteten; ich sah sie im Mondlicht deutlich wie Ameisen auf dem gelben Felde herumkrabbeln.

Alles schweigt jetzt, nur der Mensch ist wach in seinem Elend und müht sich ab im Schweiße seines Angesichts um dies traurige lächerliche Dasein, das er gleich heftig liebt und verachtet.

Sein ganzes Denken ist mit blindem Eigensinn vom dämmernden Morgen bis in die Nacht darauf gerichtet, sein Herz zieht sich wie in einem Krampfe zusammen, sein armer Kopf beginnt zu fiebern, wenn er dasselbe bedroht oder sich das, was er für die Genüsse, den Werth desselben hält, verkürzt, geraubt sieht und noch im Schlafe arbeitet sein Hirn fort für morgen und übermorgen und immer weiter, und im Traume quälen ihn die Bilder des Lebens. Sein Wesen zeigt eine immerwährende Unruhe, sich dasselbe zu sichern und zu befestigen, er baut und trägt zusammen für die Ewigkeit, ob er mit seinem Pfluge diese lockere Erde aufwirft, die den ewig kochenden Herd seines Daseins deckt, oder mit seinem kleinen Fahrzeug durch das Weltmeer steuert, ob er den Gang der Sterne beobachtet oder die Geschicke und Vergangenheit seines Geschlechts mit kindischem Fleiße zusammenschreibt – er studirt, ersinnt, entwirft und erfindet nur, um seine traurige Maschine im Gange zu erhalten, er gibt seine besten Gedanken zu jeder Stunde um ein Stück Brod. Leben will er vor Allem, Leben und Nahrung für das elende Lämpchen, das jeden Augenblick zu erlöschen droht für immer.

Und deshalb seine Angst, sein Leben fortzusetzen in neuen Geschöpfen, denen er das Testament seiner Freuden hinterläßt und die nichts erben als seine Schmerzen, seine Kämpfe, seine Leiden. Wie er sie liebt, seine Erben, sie hütet und pflegt und aufzieht, als wäre sein liebes Ich verdreifacht, verzehnfacht!

Und ebenso erfinderisch er ist, sein Dasein fortzusetzen und nach seiner Weise auszubeuten, ebenso rastlos und rücksichtslos zeigt er sich das Dasein aller Andern zu gefährden, zu bedrohen, für sich zu plündern. Er betrügt, er stiehlt, er raubt, er mordet ohne Unterlaß. Weitläufige, wahnsinnige Theorien stellt er auf, um ganze Geschlechter seiner Brüder schutzlos seiner Selbstsucht zu unterwerfen. Ohne Bedenken hat er das Thier, hat er Menschen anderer Farbe, anderer Sprache verworfen und gebrandmarkt, und Alles nur, um zu leben auf Kosten der Lebendigen.

Ein ewiger blutiger Krieg, heute still von Herd zu Herd, von Esse zu Esse, morgen laut und lärmend auf Schlachtfeldern und Oceanen, und immer unter heiligen, betrügerischen Fahnen, und immer ohne Erbarmen und ohne Ende. –

Und doch bist du herbe, heilige Entsagung, ist dein sicherer Friede das einzige Glück, das uns beschieden ist, Ruhe, Stille, Schlaf und Tod; und warum schaudert uns doch so vor ihm, der alle Zweifel löst und alle Schmerzen stillt! warum flackert das Lämpchen in unserer Brust so ängstlich, wenn der eisige Hauch der Vernichtung es anweht? Wie wir uns anklammern an unsere Erinnerungen, wie wir nur fortleben wollen in uns selbst! Sich nicht mehr erinnern, nicht mehr weiter denken, nicht mehr träumen! Da faßt es die Creatur so angstvoll, so verzweifelt, da kommt jenes tiefe unheilbare Grauen über sie in schweigsamen Nächten.

Unheilbar? Nein. Doch heilbar, aber nur durch den *Gedanken*. Sein Licht hält uns aufrecht überall; es leuchtet kalt und hell, aber nicht unfreundlich in Nacht und Abgrund und allmälig erhellt es unsere Seele, zerstreut die Schatten, die uns ängstigen und macht uns bescheiden, friedfertig und ruhig.

Und wie das stille, weiche Licht der Mondnacht in meine Seele fällt, steigen bekannte liebe Gestalten verklärt vor mir herauf und wie verbannte Götter ziehen die geweihten Ideale vergangener Zeit vorüber, gleich stillen großen weißen Wolken. Wesen, die ich geliebt, und die jetzt in Kälte oder Haß von mir getrennt, oder lange schon die Erde deckt, und jene erhabenen Traumbilder einer kühnen goldenen Jugend, er, der zu seinem Volke sprach in Blitz und Donner auf dem Berge Sinai, und jener größere, der, die Dornenkrone auf dem Haupte, das Kreuz der Menschheit auf den blutigen, zerfleischten Rücken lud. Zerstückte Nebel flattern im Mondlicht wie theure, alte, längst zerrissene Fahnen, und welke Blumen und verdorrte Kränze. Und ein geliebtes Weib, mit üppigen blonden Flechten und holdem Mädchenantlitz sieht mich mit treuen sehnsüchtigen Augen an, und immer neue Träume bekommen Leib und Glieder, und immer neue heilige Gedanken! Das Mondlicht brennt in tausend blauen Flammen, die gleich Opferkerzen gen Himmel lodern, der Duft der Mondnacht schwebt wie Weihrauch empor, der Wald rauscht in tiefem feierlichen Orgeltone.

Ich kehre mich ab.

Mir graut endlich vor diesen schimmernden Träumen, diesen lügenhaften Idealen einer gedankenlosen, daseinstollen Jugend.

Die Wirklichkeit ist rauh aber ehrlich. Es ist eine Lüge, daß die Natur nichts von dir wissen will. Sie ist in ewigem Wechsel stets unveränderlich und zeigt dir heute noch dasselbe kalte, finstere, aber mütterliche Antlitz wie vor tausendmal tausend Jahren. Du aber hast dich von ihr losgerissen, du betrachtest sie mit Gleichgültigkeit, du verachtest ihre Kinder, deine Brüder, die geringer sind wie du, du hast dich über sie erhoben und hängst jetzt wie der Faust der Polen[1] zwischen Himmel und Erde. Und doch nähren ihre tausend Brüste den lieblosen Sohn und ihre Arme sind stets geöffnet, dich wieder aufzunehmen. Ihre strengen Gesetze stehen ringsum aufgerichtet auf ehernen Tafeln, du kannst sie überall herablesen, wenn du von ihr lernen willst. –

Wieder tönte das Lied der Schnitter, die Gräser schossen im Mondlicht wie Flammen durcheinander, der Wald rauschte majestätisch. Die Luft war herb und frisch.

Ich kleidete mich langsam aus, untersuchte meine Flinte, stellte mir sie zu Häupten in die Ecke und warf mich auf das klösterliche Bett, das an der kahlen Wand stand. Mein Hund streckte sich, wie immer, vor dasselbe, sah mich noch einmal an mit treuen verständnißvollen Augen, schlug den Boden mit der Ruthe und bettete dann seinen Kopf auf den müden Vordertatzen. Immer langsamer schlug er den Boden, immer tiefer wurden seine Athemzüge, jetzt seufzte er, er träumte. Das Fenster blieb offen.

Auch ich träumte noch einige Zeit mit offenen Augen, dann wohl im Schlafe. Ich war müde und bald kam jenes wohlthuende Selbstvergessen über uns, das uns ein freundlicher Vorbote des Todes ist.

Wie lange ich gelegen, weiß ich nicht.

Plötzlich hörte ich ein seltsames Geräusch, erst im halben Schlafe noch, dann deutlich, mit offenen Augen. Der Hund regte sich, hob den schönen Kopf mit den wachsamen Augen, zog Luft ein und schlug dann kurz und heiser, wie auf Hochwild an. Ich war vollkommen wach geworden, meine Hand hatte ich unwillkürlich um den kalten Lauf meiner Flinte gelegt.

Eine tiefe Stille war in der Natur, welche nur schwer und traurig zu athmen schien, dann wieder jenes seltsame unheimliche Geräusch, ein geisterhaftes Schweben, ein Rauschen wie von schleppenden Gewändern.

---

[1] Twardoski. Vom Satan in die Luft entführt, begann er, über Krakau schwebend, beim Läuten des Ave Maria ein Muttergotteslied zu singen, das ihn einst die Mutter gelehrt. Der Teufel ließ ihn hierauf los und er blieb zwischen Himmel und Erde hängen, wo er heute noch schwebt. Eine Spinne kömmt von Zeit zu Zeit zu ihm hinauf und bringt ihm Nachricht von der Erde.

Und jetzt – mit einem male – stand eine hohe weiße Gestalt im offenen Fenster. Ein Weib mit königlichen Gliedern, von leichten, wogenden Stoffen kaum verhüllt, das Gesicht von mir abgekehrt, erschien sie im kalten Lichte des vollen Mondes wie durchsichtig. Ihre ausgestreckte Hand war wie von einer rothen Flamme beleuchtet.

Mein Hund sträubte die Haare, schauderte, zog sich langsam zurück und winselte. Ich faßte meine Flinte und bereitete mich zum Schusse. Ich weiß heute noch nicht warum. Ich that es instinctmäßig. Mir war unheimlich kalt am ganzen Leibe.

Der Hahn knackte.

In demselben Augenblick wendete sie ihr Haupt zu mir.

Es war die Gutsfrau. Ihr aufgelöstes schwarzes Haar fluthete nun über ihr weißes Nachtkleid herab. Ihr Antlitz war noch bleicher und schien zu leuchten wie die Scheibe des Mondes. Sie lächelte und winkte mir mit der Hand. Und jetzt sah ich erst, daß ihre Augen fest geschlossen waren. Ein tiefer Schauer kam über mich. Sie schien durch die geschlossenen Augenlider in das Zimmer und auf mich zu blicken und zu zögern.

Als ich mich aufrichtete, winkte sie mir nochmals, legte den Finger auf die Lippen, blickte mit geschlossenen Augen noch einmal zurück und stieg dann herab in das Zimmer. Ohne mich zu beachten, ging sie langsam durch dasselbe, an mir vorbei, mit sicherem festen Schritt und kummervoll gesenktem Haupte und ließ sich langsam zu Füßen meines Bettes auf die Knie nieder. Ihre rechte Hand ruhte auf der Pfoste, sie selbst sank herab, in sich zusammen und preßte ihre Stirn gegen das rohe Holz. So lag sie einige Zeit, dann begann sie leise zu weinen.

Mich hat das Weinen einer Frau nie besonders ergriffen; aber sie weinte so bitterlich, so aus der Tiefe ihrer Brust, wie ein Thier, das nicht reden kann, daß ich mich erschüttert zu ihr hinabbeugte.

»Er ist todt, ich weiß es,« begann sie leise mit einer Stimme, die mir in die Seele schnitt, »sie haben ihn außer der Mauer des Kirchhofes begraben wie einen Selbstmörder, und ich möchte zu ihm.« Sie stützte den Kopf in die Hand und seufzte. »Aber es ist so weit,

weit,« wiederholte sie mit trockenem halbersticktem Ton. »So komme ich hier zu ihm. Er ist auch da.«

Hierauf erhob sie sich und tastete sich langsam längs der leeren Wand hin, als fürchte sie jeden Augenblick, die Füße könnten ihr den Dienst versagen. Dann kehrte sie sich plötzlich zu mir, schien mich lange aufmerksam anzusehen und schüttelte dann den Kopf. »Er ist nicht da,« sagte sie kurz und fest, »er ist todt.« Zugleich begann sie am ganzen Leibe zu beben, mit den Zähnen zu knirschen und warf sich mit einem dumpfen Schrei zu Boden, mit dem Gesicht zur Erde. Da lag sie nun, vergrub die Hände in ihrem Haar und schluchzte laut. Dann leise und immer leiser.

Jetzt war sie ganz still.

Sie regte sich nicht einmal.

Ich machte eine Bewegung, um ihr zu Hülfe zu eilen, da richtete sie sich auf. Ihr Antlitz war merkwürdig sanft geworden und schien von innen heraus, gleichsam von einem Lächeln verklärt. Wie sie sich erhob, war es als schwebe sie langsam feierlich empor, ihre Füße schienen zuletzt nicht mehr den Boden zu berühren. Unhörbar leise schwamm sie wie mit geschlossenen Füßen über die Diele und stand jetzt still, ruhig, von blauen Strahlen umflossen gegen den Mond.

Sie blickte zu ihm empor und sprach zu mir.

»Was wird der Leopold von der Olga denken?« sagte sie mit wehmüthiger Milde. Sie sprach von sich und mir in der dritten Person und nannte jedes mit dem Taufnamen. Ich schwieg, betrachtete sie und das Herz stand mir still. Sie war offenbar somnambul oder, wie unsere Bauern sagen: »mondkrank.« Noch immer hielt ich das Gewehr gedankenlos im Arme. Sie trat näher und streckte die Hand darnach aus. Ich wich erschreckt zurück. Ein Lächeln spielte fast muthwillig um ihre Lippen. »Der Leopold darf unbesorgt sein,« sagte sie, »er kann der Olga die Flinte geben, sie sieht ja mehr wie er.«

Und wie ich das Gewehr gegen die Wand hielt, zog sie die Brauen zusammen und riß es ungeduldig an sich, wie Jemand, der böse wird, weil man ihm etwas nicht zutraut und beweisen will, daß man damit im Unrecht ist. Mit einer raschen elastischen Bewegung wich sie zurück und hielt jetzt das Gewehr, das Rohr aufwärts, wie ein Jäger auf dem Anstand.

»Nun,« sprach sie, »was ist da für eine Gefahr dabei?« ließ vorsichtig den Hahn herab und stellte die Flinte ruhig in die Ecke.

Ich athmete auf

»Der Leopold darf nicht schlecht von der Olga denken,« begann sie, wieder das Antlitz zum vollen Mond erhoben, »ich bitte ihn,« rief sie, und schon kamen ihr die Thränen, sie kniete nieder und hob die Arme zu mir empor. »Er darf nichts erzählen, Niemandem,« fuhr sie geheimnisvoll, leise fort, »auch der Olga nicht, sie würde sich das Leben nehmen vor Scham.«

»Niemandem,« sagte ich. Meine Stimme zitterte.

»Niemandem,« wiederholte sie feierlich.

Tief bewegt beugte ich mich zu ihr hinab und wollte sie aufheben. Sie schüttelte das schöne geisterhafte Haupt und ließ es dann langsam auf die Brust herabsinken. »Er muß jetzt Alles erfahren, Alles,« murmelte sie vor sich hin. »Alles.«

»Nein,« rief ich, »erzähle nicht, wenn es etwas ist, was dir Pein macht. Ich will dein Geheimniß nicht.«

»Er müßte an der Olga irre werden, ja er zweifelt jetzt schon,« erwiederte sie traurig, »die Olga ist nicht leichtfertig, aber unendlich unglücklich. Ich muß ihm jetzt Alles sagen. Aber er wird dann schwören. Wird er?« Sie fragte ohne aufzublicken.

»Ja,« sagte ich.

Plötzlich kroch der Hund hervor, beroch sie, stieß ein kurzes heiseres Bellen aus und blöckte die Zähne. Sie legte sich zu ihm hinüber und begann ihn zu streicheln. Er zitterte und zog sich scheu unter das Bett zurück.

»Ich muß, ich muß,« seufzte sie dann, »nur so kann es gut enden, nur so. Ich will nicht, daß der Leopold schlecht von der Olga denkt, sie ist ja so arm.« Sie rutschte auf den Knieen bis zu mir und legte den Kopf an die Pfoste. Die Hände hatte sie demüthig wie eine Sklavin auf der Brust gekreuzt. »Ich weiß, er wird die Olga verstehen; darum erzähl' ich ihm.«

Mich schüttelte ein leises Fieber.

»Er kann ruhig sein,« flüsterte sie zutraulich; »es ist von keinem Verbrechen die Rede. Die Olga hat mit Willen Keinem ein Leid gethan. Ihre Geschichte ist einfach traurig, weiter nichts. Er darf nicht weinen.«

Ich lehnte mich an die Wand zurück und sah sie an, meine Augen brannten, mein Gaumen war ganz trocken.

»Ich erzähle ihm gerne,« begann sie mit einer gewissen schwermüthigen Grazie, »er kennt die Natur des Weibes –«

Ich nickte unwillkürlich.

»Die Olga hat keine Sünde auf sich als daß sie ein Weib ist und daß sie erzogen wurde wie man ein Weib erzieht, zum *Genuß*, nicht zur *Arbeit*, gleich dem Mann. Die Frau ist ein Geschöpf für sich,« fuhr sie fort, – die Worte flossen ihr vom Munde; »sie hat sich nicht so losgerissen von der Natur und ist um ebensoviel schlechter und auch besser als der Mann. Das heißt was die Menschen so gut und böse nennen.«

Sie lächelte.

»Von Natur aus denkt aber Jeder nur an sich und so kennt das Weib in der Liebe zuerst nur den Nutzen und die Eitelkeit. Sie muß vor Allem *leben* und kann ohne alle Mühe leben, indem sie dem Vergnügen des Mannes dient, das ist die Macht des Weibes und das ist auch ihr Elend. Nicht? –

»Die Liebe ist ihr ein Luxus, den sich der Mann gestatten kann, für sie ist sie das tägliche Brod. Aber Jeder, wenn er sein Leben fristet, will darin noch etwas mehr, er will dieß zusammengeflickte Selbst, auf das er gar so stolz ist, so weit als möglich über Andere erheben. Die Frau hat ihren Ehrgeiz wie der Mann, aber sie braucht sich nur zu zeigen und sieht Sklaven und Götzendiener zu ihren Füßen, sie braucht nicht erst zu handeln, zu leisten, zu schaffen wie der Mann. Sie braucht auch Nichts zu lernen, sie lernt schön sein; was braucht sie mehr?

»Und kommt dann einmal die Zeit, wo sie begreift was ein Mann, was die Liebe eines Mannes ist, dann erfaßt sie eine namenlose Angst zu lieben und geliebt zu werden, dann, wenn es längst zu spät ist, und ihr Schicksal bricht über sie herein.

»O! Elend ohne Hoffnung, ohne Aufschwung, ohne Befreiung!

»Die Olga wäre eine gute Frau geworden, sie hat einen offenen Kopf und ein redliches Herz, aber so! – –

»Man muß das Weib erziehen wie den Mann, dann wird es eine Gefährtin des Mannes sein. Er zweifelt?«

Ich zweifelte wirklich.

»Es bekommt uns nicht gut, wenn wir uns von der Natur entfernen,« sagte ich, indem ich gleichsam laut dachte; »das Weib soll lernen eine gute Mutter zu sein. Alles andere ist Träumerei, oder Betrug und Schwindel.«

»Glaubt er?« entgegnete Olga, ohne ihre Stellung oder den Ausdruck ihrer Rede zu verändern. »Und der Mann wäre dann nur dazu da, Nahrung zu schaffen, sich, seinem Weibe, seinem Kinde?«

»Am Ende läuft doch Alles darauf hinaus,« rief ich.

»Der Mann ist ein Anderer geworden im Lauf der Zeiten,« sprach sie sanft, »er hat das Thier weit hinter sich gelassen, und der Mann, der denkt, ersinnt, erfindet, der Künste, Wissenschaften hat, braucht auch ein anderes Weib als jener, der vor Tausenden von Jahren geerntet hat ohne zu säen, und sein Wild erwürgt hat, wie der Wolf. Aber ich will ihm eine Geschichte erzählen.

»Ich werde ihm Alles sagen, Alles erzählen, wie es kam. Ich sehe Alles so klar vor mir, die Dinge sind mir wie durchsichtig und ich sehe den Menschen in die Brust hinein, und die Olga sehe ich auch vor mir wie eine Fremde, ich liebe sie nicht, und hasse sie auch nicht.«

Sie lächelte wehmüthig.

»Ich sehe sie vor mir als Kind.

Sie war ein hübsches kleines Mädchen mit runden braunen Armen, dunklen Locken, großen fragenden Augen. Der alte Iwan, ein Hofknecht, der immer nach Schnaps roch und rothe Augen hatte wie vom Weinen, ging nie an ihr vorüber, ohne sie auf den Arm zu heben und zärtlich auf die Waden zu klopfen.

Einmal stand sie auf der Freitreppe. Drinnen saß neben der Mutter auf dem verschossenen gelben Divan ein junger Gutsbesitzer aus der Gegend, der von den Frauen sehr gerne gesehen war. Die Fenster waren offen und sie hörte seine Stimme. »Ja, die kleine Venus, Sie können ihren Stolz haben mit dem Kinde. Das wird einmal ein Weib;« und die Olga wußte, daß von ihr die Rede war, wurde über und über roth und lief in den Garten. Dort ging sie still zwischen den Blumen hin, pflückte Rosen, Levkojen und Nelken, befestigte sie in ihrem Haar und betrachtete sich dann aufmerksam und stolz in dem kleinen Bassin. Ueber demselben stand eine Göttin der Liebe aus weißem Stein. Sie blickte zu ihr empor und dachte: »Wenn ich groß bin, werde ich so schön sein wie du.« –

An Winterabenden in der grauen Stunde, bei dem großen grünen flackernden Ofen, erzählte die gute Amme Kajetanowa den Kindern Märchen. Dabei hockte sie tief in den schwarzen Lehnstuhl, in dem die Kinder den Großvater sterben sahen, und welcher für dieselben seitdem etwas Ehrwürdiges und Schauerliches hatte. Je weiter die Dämmerung fortschritt, je mehr das freundliche, rosige Gesicht der Kajetanowa in den Nebel zurücksank und nur ihre blauen Augen geisterhaft leuchteten, um so fester drängten sich die Kinder zusammen, um so leiser wurde der Ton, in dem sie flüsterten. Dann legte Olga ihren Kopf auf den Schooß der Amme, schloß die Augen und sah Alles wirklich geschehen. Sie war dann immer die schöne Czarewna, welche auf dem Rücken des silberweißen Schwans über das schwarze Meer schwamm, oder von dem geflügelten Rosse zu den Wolken emporgetragen wurde, und kein Anderer durfte um sie werben, als der Czarewitsch, und wie sie einmal das Märchen von dem dummen Iwas' hört, dem Bauer, welcher die Königstochter heimführt, da richtet sie sich plötzlich auf und ruft zornig: »Ich bin nicht die Königstochter, Kajetanowa!« –

Im Sommer dagegen, wenn die Kinder aus dem Hofe am Abende unter den Pappeln spielten und die Olga dazu kam, spielten sie dann Hochzeit. Einer der Burschen machte den Geistlichen. Die Olga hatte einen Kranz aus Eichenblättern und stellte die Braut vor. »Du mußt mindestens ein Graf sein,« sagte sie zu dem kleinen Bräutigam, »sonst heirathe ich dich nicht, ich bin zu schön für einen Schlachtschitsch.«

Sie wuchs heran, schoß groß und schlank auf, hüstelte etwas, hielt sich ein wenig vor. Welche schwere Sorge für eine Mutter. »Olga,« sagte diese mehr als einmal, »Olga du wirst schief, du bekommst keinen Mann, wirst vom Nähen leben müssen wie die bucklichte Celesta.« Kamen die Frauen aus der Nachbarschaft zu ihrer Mutter und saßen um den Theetisch, so bediente Olga, trug kaltes Fleisch und Backwerk auf. Sie war ein halbgewachsenes Mädchen mit feinen Spitzen an den Höschen unten und langen dicken Zöpfen über dem Rücken. So oft die Frauen dann von ihren Töchtern oder andern Mädchen sprachen, von ihrer Zukunft und Versorgung, dann war stets nur von Heirath die Rede, wie bei einem Manne von seinem Amte, seiner Anstellung. Die Tochter des Pfarrers bildete sich in der Hauptstadt zur Erzieherin aus.

»Natürlich,« hieß es, »die Arme ist so häßlich, es fehlen ihr auch die vorderen Zähne, was bleibt ihr übrig?« Einmal kam sie im Sommer auf Besuch und man war erstaunt, was sie für Kenntnisse in der Geographie, Geschichte, Naturwissenschaft, in fremden Sprachen hatte; aber die Olga lernte nur tanzen, reiten, singen, Clavier spielen, zeichnen, etwas sticken und französisch, Alles, was so einem Manne Vergnügen machen kann bei einer Frau, Nichts was ein Brod sichert. Dazu kamen die guten Lehren der Mutter. »Wirf mir die Augen nicht so herum, wenn ein Mann zu dir spricht, antworte artig aber kurz und suche des Gespräch bald abzubrechen. Je kostbarer du dich selbst machst, um so höher wird man dich schätzen.« – Spricht man von einer Waare etwa anders? Immer wurde ihr gesagt, sie sei das hübscheste Mädchen in der ganzen Gegend und als die Eltern sie auf den ersten Ball geführt hatten, wurde sie allgemein eine Schönheit genannt, die nicht ihres Gleichen habe. Dann wurde sie jedesmal, wenn man zu Nachbarn fuhr oder Sonntags zur Kirche ging, gehörig herausgeputzt, wie man den Pferden die Mähne mit Bändern durchflicht, wenn man sie auf den Markt führt. Die Mutter sah das Geld nie an, wenn es einen Anzug für ihre schöne Tochter galt. Wenn die Olga in einer Gesellschaft eintrat, bemerkte sie, wie Alles flüsterte, sie sah die leuchtenden Augen der jungen Männer, sie hörte ihre Reden, die von Süßigkeit überflossen, und nach und nach legte sich eine harte frostige Decke um ihr warmes, junges Herz.

Der Schulgehülfe gab Olga Unterricht. Er ließ sie Vorschriften schreiben, Rechnungen machen und laut lesen. Es war das Alles sehr nöthig, denn als sie den ersten Liebesbrief erhielt, konnte sie noch nicht orthographisch schreiben und sie hat es auch nie erlernt. Die Eltern ließen ihn dafür in dem kleinen engen Häuschen, das im Garten stand, wohnen und an ihrem Tische speisen.

Er hieß Tubal. Ich sehe ihn vor mir, einen jungen schüchternen Menschen mit großen, runden, kurzsichtigen, ängstlichen Augen, unendlich langen, dünnen Händen und einer plodernden rothen Weste, die er dem Kammerdiener eines Grafen abgehandelt hatte. Aber er hatte unter der rothen Weste ein edles menschliches Herz voll Liebe und Güte und hätte zu jeder Stunde gerne sein Leben hergegeben, um eine junge Katze aus dem Wasser zu ziehen.

Wenn Olga zu ihm in das Häuschen kam, saß er oft auf dem Tische und flickte ein altes Hemd oder seine Schuhe, dann wurde er immer feuerroth, stotterte und schoß im Zimmer herum als suche er etwas. Sonst war er recht bleich, etwas grünlich, mit Sommersprossen übersäet. Sobald jedoch Olga neben ihm an dem Tische saß, war er ein anderer Mensch; er hielt das große Lineal in die Seite gestemmt wie ein Cavallerist zu Pferde seinen Säbel hält, seine Stimme klang kräftig und in seinen Augen brannte ein ernstes, stilles Feuer, das der Olga wohl that, sie wußte nicht warum. Und wenn sie sich über ihr Heft bückte, dann fühlte sie, daß seine Augen beinahe zärtlich auf ihr ruhten.

Manchmal, wenn die Dämmerung hereinbrach, zog er ein altes schmutziges Heft unter seinem Kopfpolster heraus und las der Olga Gedichte vor.

Er hatte sie mit Geschmack und Einsicht aus den besten Dichtern gewählt und wenn er sie vortrug, dann kam ein Glanz von Begeisterung, ja von Schönheit über sein abgehärmtes Gesicht und seine Stimme drang bis zum Grunde ihres Herzens.

An Olga's Geburtstage wurde er von den Eltern zur Tafel geladen. Nach dem Essen erwartete man einige Familien aus der Nachbarschaft. Es sollte auch getanzt werden. Olga ging gegen Mittag in den Garten hinab und riß da und dort Blumen aus den vollen Beeten zu einem Bouquet, das auf den Tisch kommen sollte. Plötzlich stand Herr Tubal vor ihr, in weißen Pantalons, weißer Weste, weißer Halsbinde und einem durchsichtigen schwarzen Frack. Sein dünnes braunes Haar war glatt gekämmt, er stand in einer Wolke von Moschus, stammelte ein paar Verse und überreichte Olga, am ganzen Leibe zitternd, ein kleines Packet, das er zögernd aus seiner Brust zog. Olga konnte ihn nicht ansehen, sie dankte verlegen und floh in das Haus, wo sie der Mutter, vor Vergnügen lachend, um den Hals fiel. »Tubal hat mir gratulirt,« rief sie, »er hat mir etwas geschenkt, der arme gute Tubal!« –

»Was wird es sein,« entgegnete die Mutter und zog die Stirn zusammen. Olga erschrak fast. »Ich hoffe Bonbons oder etwas Aehnliches,« fuhr die Mutter fort.

»Bonbons, was sonst?« sagte Olga und hielt das kleine Packet furchtsam von sich. Die Mutter nahm es, wickelte auf und da lagen in dem unschuldigen weißen Papier zwei paar Handschuhe gebettet. »Handschuhe!« schrie die Mutter auf. »Wahrhaftig, Handschuhe!« wiederholte Olga leise, das Blut war ihr in die Wangen gestiegen.

»Sende sie ihm sofort zurück,« – befahl die Mutter, »und schreibe ihm« –

»Ich ihm schreiben,« sprach Olga, und hob das stolze Haupt.

»Du hast Recht. Schreibe ihm keine Zeile, aber sende ihm die Handschuhe sofort zurück. Es ist nicht zu glauben. O! der Esel! was glaubt er denn. Er will meinem Kinde den Hof machen, Geschenke oder gar eine Erklärung! Mir ist der ganze Tag verdorben.«

Olga siegelte die Handschuhe ein und sendete sie dem armen Schulgehülfen zurück.

Er kam nicht zum Essen, er entschuldigte sich durch ein Unwohlsein; und er war wirklich krank, brustkrank seit Jahren schon. Und heute stießen sie im Edelhofe die Gläser fröhlich an und Olga flog im Tanze wie eine Bacchantin durch den Saal, indeß er auf seinem Strohsack lag, bis zum Ersticken hustete und mit den Brodkrumen, die seinen Tisch bedeckten, das Mäuschen fütterte, das bis zu seinem Bette kam, wenn er still war in tiefen Gedanken und seine Thränen leise herabflossen.« –

Das schöne Weib, das wie schlafend vor mir auf der Diele lag, regte sich einen Augenblick. Ihr Busen hob sich.

»Ich kann dem Leopold nicht Alles so in der Ordnung erzählen,« fuhr sie fort, »ich sehe zu viel, die Bilder jagen vorbei wie Wolken im Sturme. Ich erblicke Alles wie es ist, jeden Schatten, jedes Licht, jede Farbe, ich höre jeden Ton. –

Eine reisende Schauspielertruppe kam auf ihrem Wege aus der Moldau nach Polen durch Kolomea und gab in der Kreisstadt Vorstellungen. Die Nachricht davon verbreitete sich rasch in der ganzen Umgebung von Dorf zu Dorf und an dem nächsten Sonntage, wo sie das erstemal spielten, spannte wohl jeder Gutsbesitzer seine kleinen Pferde vor die Britschka und führte Frau und Töchter zu dem seltenen Schauspiel.

Das Theater war in dem großen, aber etwas niedern Saale des Gasthofes aufgeschlagen, so daß die Schauspieler mit ihren Federbüschen an den Himmel stießen. Aber man unterhielt sich trotzdem vortrefflich. Gegeben wurde das Trauerspiel: Barbara Radziwilowna.

Ehe der Vorhang aufgezogen wurde, standen die jungen Herren seitwärts um einen Gutsbesitzer in mittleren Jahren, der ziemlich ungenirt auf dem Fensterbrett saß und mit den Beinen schlenkerte. »Nun, wo ist denn eure gepriesene Schönheit,« sagte dieser, seinen Schnurrbart zupfend, »ich kann Nichts entdecken.« Die Andern hoben sich auf den Fußspitzen und blickten nach der Thür. Endlich trat Olga in den Saal. »Diese muß es sein und keine Andere,« sagte der Gutsbesitzer nach einer Weile. »Das ist ein wunderbares Geschöpf!« Er ging hierauf zu Olga's Eltern und stellte sich vor.

Sein Name hatte im ganzen Kreise einen guten Klang, man nahm ihn vortrefflich auf; die Mutter lächelte auf das freundlichste zu ihm herauf und Olga hörte ihm mit einer gewissen Aufmerksamkeit zu. Sie war im ersten Augenblicke durch die kühle Sicherheit seines Wesens überrascht, aber sie dachte nicht im Entferntesten daran, daß sie ihn lieben könnte, oder daß er ihr Mann werden sollte; und doch war es so, nicht mehr als fünf Wochen später.

Eigentlich gefiel er ihr gar nicht, aber er imponirte ihr und das ist bei einem Weibe weit mehr.

Mihael hatte studirt, große Reisen gemacht und kehrte mit einem gewissen Humor in seine ländlichen Verhältnisse zurück. Er sprach ohne viele Umstände von den Schauspielern, von dem Stücke, von allem Möglichen; er war im Stande, bei den traurigsten Scenen zu lächeln, wo Olga von ganzem Herzen weinte, und sagte nur: »Mich freut es, zu sehen, daß Sie nicht geschminkt sind. Sehen Sie die blutigen Thränen, die unsern Fräuleins über die Backen laufen.« Wirklich rann in der allgemeinen Rührung die rothe Schminke den Damen nur so herab; es war ein jämmerlich komischer Anblick.« –

Olga's Lippen hoben sich schelmisch über den blendenden Zähnen.

»Nach dem Theater,« fuhr sie fort, »begleitete er die Damen zu ihrem Wagen und bat um die Erlaubniß, sie besuchen zu dürfen.

Er kam, und kam immer öfter. Die Mutter hatte dann jedesmal tausend Entschuldigungen vorzubringen, bald hatte sie bei den Spargelbeeten zu thun oder in der Vorrathskammer nachzusehen, so daß Olga mit ihm allein blieb. Mihael sprach dann von fremden Ländern, von Deutschland, Italien; er war in Berlin, in Venedig, in Florenz gewesen, sogar in Paris, und hatte auch den Vesuv bestiegen und eine Seefahrt gemacht. Er wußte viel von den Fortschritten anderer Nationen zu erzählen, ohne die Anlagen oder Leistungen seiner eigenen herabzusetzen. Eine wohlthuende Klarheit und Wärme lag in allem, was er sprach. Und er war voll Aufmerksamkeiten.

Andere Frauen nannten ihn unartig, wenn aber Olga den Strickknäuel fallen ließ, fuhr er blitzschnell herab, ihn aufzuheben, und als er einmal vor ihr kniete, um ihr die Ueberschuhe anzuziehen, stieg der Olga das Blut vor Vergnügen in die Wangen. Es wurde viel von ihm gesprochen. Man nannte ihn einen harten, strengen, stolzen Menschen, aber sein scharfer Verstand, seine große Belesenheit, seine vielfachen Kenntnisse und seine Klinge verschafften ihm im ganzen Kreise ein ungewöhnliches Ansehen. Man wußte, daß seine Besitzungen nach neuem Systeme bewirthschaftet und schuldenfrei waren, er galt allgemein als die beste Partie.

Je mehr ihn alle mit einer gewissen Scheu betrachteten, um so süßer war es für Olga, den starken, thätigen Mann Tag und Nacht mit ihr beschäftigt, ihn durch sie leiden zu sehen. Sie sättigte ihren ganzen Stolz, ihre jungfräuliche Grausamkeit an ihm. Erst wenn sie die Thränen in seinen Augen sah, dann war sie befriedigt, reichte ihm die Hand und sagte: »Küssen Sie, ich erlaube es Ihnen.«

Im Hofe war ein böser bissiger Hund, der immer mit der Olga spielen wollte und dann wie ein Wüthender an ihren Kleidern riß. Sie stieß ihn mit dem Fuße, wo er ihr nur in Weg kam, und prügelte ihn so lange, bis sie ihn lieb gewann. So war es mit ihrem Manne. Sie mißhandelte ihn so lange, bis sie einmal an seiner Brust lag und der erste Kuß auf ihren Lippen zitterte.

Den nächsten Tag fuhr Mihael mit vier Pferden vor, er trug einen schwarzen Frack und war etwas bleich. In wenig Minuten war alles in Ordnung und Olga seine Braut. Sie glaubte, es müsse so sein, sie war glänzend versorgt, man beneidete sie, das war ihr genug.

Eines Abends saß sie mit Mihael im Erdgeschoß am offenen Fenster und nähte an ihrer Ausstattung, während er von der Zukunft des slawischen Stammes sprach. Da stand plötzlich Tubal vor ihnen, geisterbleich, die Augen waren ihm aus den Höhlen herausgetreten und das Blut strömte ihm aus dem Munde über Hemd und Kleider bis auf den Boden. Er rang nach Athem.

»Salz! Salz!« stieß er heraus, – er konnte nicht mehr hervorbringen.

Olga riß den Credenzkasten auf und reichte ihm Salz. Mihael sprang aus dem Fenster und eilte dem armen Schullehrer zu Hülfe; er umfaßte ihn und schob ihm immer wieder Salz in den Mund. Tubal schlang es mühsam, gierig hinab, noch immer kam Blut, Mihael schleppte ihn zu der nächsten Bank, Olga brachte Wasser; allmälig stillte sich das Blut.

Tubal lag da, mit geschlossenen Augen, wie ein Todter.

»Bringen Sie ihn zu Bett,« sagte Mihael, »hier brauchen wir einen Arzt.«

Er setzte sich selbst zu Pferde und ritt nach dem Städtchen. In der Nacht kehrte er mit einem Doctor zurück. Man hatte Tubal in sein Gartenhäuschen gebracht, dort starb er wenige Tage darnach. Erst wie er sich dem Tode nahe fühlte, verlangte er nach Olga.

Sie kam; aber er war nicht mehr im Stande zu sprechen, nur seine Lippen bewegten sich und in seiner Brust rasselte es seltsam. Der Gärtner, der ihn gepflegt hatte, saß draußen auf den hölzernen Stufen und versuchte bereits mit einigem Behagen, ob die weißen Pantalons des Sterbenden ihm wohl passen würden.

Es war Niemand bei ihm als Olga, und sie sah sich noch einmal um, und dann beugte sie sich über ihn und küßte ihn auf die Stirn, auf welcher der letzte Schweiß in kalten Tropfen stand. Da begannen seine Augen zu leuchten, seine Hände streckten sich über die Decke und ein seliges Lächeln lag auf einmal auf seinem abgezehrten fahlen Antlitz. Mit diesem Lächeln starb er.

Unter seinem Kopfpolster fand man das gelbe Heft mit den Gedichten und zwei Paar feine Damenhandschuhe in einem halbzerfetzten Papier.

Olga nahm beides zu sich. Sie hat die Handschuhe noch. Ein Paar hat sie an ihrem Hochzeitstag getragen.

Tubal wurde begraben, bedauert und vergessen. Die Erde war ihm leicht. Nicht lange darnach verließ Olga das Elternhaus als die Gemahlin Mihaels, welcher sie stolz mit vier Pferden hierher, auf seinen Herrensitz, führte.

Olga war einige Zeit recht glücklich. Man glaubte es wenigstens und sie glaubte es selbst. Wie alle Frauen, stellte sie sich die Welt so zu ihrem Vergnügen eingerichtet vor, eine gute Tafel, schöne Kleider, Pferde und Wagen, auf dem Sopha liegen, rauchen, Romane lesen; und die Männer? – Die sind dazu da, dachte sie, unsere Freuden zu bestreiten, uns die Zeit zu vertreiben, dann allenfalls noch, um uns schön zu finden und auf den Knien anzubeten. So beiläufig floß auch ihr Leben dahin, ein Tag wie der andere. Dazu bekam sie Kinder, welche sie bald genügend beschäftigten. So fühlte sie sich durch Jahre hindurch ziemlich zufrieden. Sie kannte ja nichts Anderes. Ihr Herz war still und todt. Nur manchmal, wenn sie – was nur selten geschah – in Dichtern las, dämmerte es ahnungsvoll in ihrer Seele auf, eine unbestimmte Anwandlung, eine namenlose Sehnsucht, begann in ihr zu zittern, eine Unruhe, welche sie nicht verstand, trieb in ihrem Blute, fieberte bis in ihre Fingerspitzen.

Und doch wäre es immer so geblieben, wenn ihr Mann es verstanden hätte, ihrer Eitelkeit unausgesetzt Nahrung zu geben.

»Er glaubt es wohl nicht?«

Sie lachte schalkhaft und wendete sich zu mir, ihre Augenlider vibrirten, die Stimme, mit der sie sprach, war die eines zutraulichen Kindes, und trotz der geschlossenen Augen war es mir, als sehe sie mich durchdringend an, und ich mußte den Blick niederschlagen.

Olga erhob sich, schritt langsam, ohne daß ihre Füße den Boden zu berühren schienen, bis zu dem offenen Fenster, wo sie stehen blieb und gegen den vollen Mond blickte. Sie hatte den Kopf anmuthig zurückgebeugt, die Arme waren ihr herabgesunken, sie stand ganz in einem warmen dämmernden Lichtschein, Duft und Melodie der Nacht schwebten um sie, ein Luftzug zerstreute ihre Haare und nestelte an ihrem Gewande.

»Ich möchte fliegen,« sprach sie nach einer Weile mit dem Tone verschämter Sehnsucht. »Ist er schon geflogen?«

»Ich?«

Sie lachte kindlich. »Im Traume, nicht?«

»Im Traume wohl.«

»Dann kennt er dieses selige Gefühl, zu schweben in der stillen, klaren Luft, über uns ziehen die Wolken, und Meer und Land liegen in heiliger Dämmerung unter uns. Ich möchte fliegen!«

Sie breitete die Arme aus, und die weiten weißen Spitzenärmel ihres Gewandes flatterten wie glänzende Cherubimflügel an ihren Schultern.

Mir schien in diesem Augenblicke das Unmöglichste möglich. Ich hörte auf zu denken.

»Warum fliegst du nicht?« fragte ich.

»Ich könnte,« entgegnete sie mit unbeschreiblicher Trauer; »aber die Olga läßt mich nicht.«

Mir schauderte.

»Ein Bauer geht über den Steg jenseits des Waldes,« rief Olga plötzlich lebhaft, »er wird Schlingen legen, den Amseln, welche Olga so lieb hat. Hört er nicht?«

»Nein.«

»Es ist auch zu weit; – aber es ist doch so.« –

»Wirst du mir weiter erzählen?« fragte ich nach längerem Schweigen.

»Ja. Ich erzähle ihm gerne. Es wird mir so leicht. Ich schaue bei ihm alles so deutlich, und meine Lippen bewegen sich wie von selbst und sagen ihm, was vor meiner Seele steht.«

»Und wie ist es dir möglich, so im Zusammenhange, mit einer solchen Umständlichkeit zu erzählen?« sagte ich. »Wie kannst du alles so bis in das Kleinste schildern, jedes Wort, jeden Ton der Stimme, jede Bewegung, zugleich aufmerksam und gleichgültig, als wäre gar nicht von dir die Rede?«

Olga schüttelte den Kopf. Ein Lächeln flog über ihr Gesicht. »Es ist ja auch nicht von mir die Rede,« sprach sie naiv, »sondern von der Olga. Ich sehe die Olga wie ich andere Menschen sehe, und alles so, als geschehe es eben jetzt. Er kann mich nicht verstehen. Raum und Zeit sind mir verschwunden, und ich habe Vergangenes und Zukünftiges wie gegenwärtig vor mir. Und ich sehe alles zugleich. Wenn ich Olga sehe, wie sie in die Polster ihrer Ottomane und einen französischen Roman versunken ist, so sehe ich zugleich, wie ihr Athem den Marderpelz an ihrer Jacke sträubt, ich sehe die goldgrüne Fliege, die um Olga's Locken schwebt, und die Spinne, die an der Decke auf sie lauert.«

Olga lehnte sich an den Fensterpfeiler zurück, die Arme im Nacken verschlungen.

»Soll ich erzählen?«

»Ich bitte dich.«

»Es ist so traurig, was ich jetzt sehe« fuhr sie fort; »Olga ist nicht mehr glücklich. –

Ihr Gatte liebt sie und bewacht sein Glück mit grenzenlosem Mißtrauen; er will sein Weib ganz nur für sich, für sich allein. Er hat alle Freunde vertrieben; er duldet keine fremden Unterröcke in seinem Hause, wie er sich ausdrückt, er haßt das viele Wortmachen über Menschen und Dinge, Bücher und Politik mit Leuten, die wir nicht verstehen und die uns nie verstehen werden. Er selbst lebt nur seinem Weibe, seinen Kindern, er arbeitet für sie, er sucht sie zu unterrichten, zu unterhalten.

Aber seinem jungen Weibe beginnt es in dem dämmerigen Edelhofe mit den düsteren Pappeln furchtsam einsam zu werden. Ein Stachel sitzt ihr in dem stolzen, eitlen Herzen und sie drückt ihn immer tiefer, und sie verwundet sich immer unheilbarer.

Man nannte sie einst die beste Tänzerin, es schmeichelte ihr; wenn man sie jetzt daran erinnert, thut es ihr nur weh. Mit wem soll sie tanzen? Manchmal nimmt sie ihr jüngstes Kind auf den Arm, hüpft mit ihm herum und trillert, dann schießt ihr auf einmal das Wasser in die Augen.

Sie zeichnet nach der Natur, sie combinirt und erfindet, skizzirt Scenen aus Büchern, die sie zusammen lesen. Ihr Mann sieht dieselben lange prüfend an und sagt dann nur: »Es ist gut. Ich hätte es aber so gemacht.« Und je mehr er das Rechte trifft, um so empfindlicher wird sie. – Dann sitzt sie am Clavier, sie spielt Mendelssohn, Schumann, Beethoven, für wen? sie singt Lieder von Schubert, das herrliche Ständchen, wer hört zu? – Vielleicht bleibt ein Bauer, der vom Felde heimkehrt, unter ihrem Fenster stehen, vielleicht ist ihr

Mann vom Vorwerk zurück und raucht auf dem Divan seine Cigarre.

Sie ist schön, und als Frau wird sie immer schöner. Ihr Gesicht ist geistiger, charaktervoller, harmonischer geworden, ihre Formen entwickeln sich wahrhaft königlich. Für wen? Ihr Spiegel sagt es ihr, sonst Niemand. Dem Manne fällt es nicht ein. Ist seine Liebe, seine volle Hingebung nicht Huldigung genug?

Sie kleidet sich geschmackvoll. Für wen? für das Bauernweib, das ihr Schwämme bringt? für den Heger, der dem Herrn die geschossenen Wildenten nachträgt? für die Amme ihrer Kinder? für den Gatten, in dessen Augen sich das Alles von selbst versteht? Er hat sie ja theuer genug bezahlt mit seinem Vermögen, seiner Freiheit, er will ein schönes Weib und er liebt ein prächtiges Behagen in seinem Hause und an ihr. Es ist ihre Pflicht, schön zu sein, es ist kein Verdienst, wenn sie ihre Reize durch ihre Toilette erhöht.

Sie sitzt vornehm zu Pferde, setzt kühn über Gräben und Hecken, wer bewundert sie? Ihr Mann gewiß nicht, der würde sie ja verachten, wenn sie feig wäre. Im Gegentheil; er erinnert sie an ihre Kinder.

So hat sie das Gefühl wie ein Schauspieler, der ohne Publikum spielen soll, und knirscht endlich vor Wuth mit den Zähnen und weint in schlaflosen Nächten in ihre Polster hinein.

Ihr Mann bemerkt einmal eine Wolke auf ihrer Stirn, die nicht so rasch weichen will. »Du bist so trüb gestimmt,« sagt er nach einiger Zeit. »Ich habe auf etwas Neues gedacht, was dir Vergnügen machen könnte. Er lächelte und brachte Olga eine allerliebste kleine Flinte, welche eben auf seine Bestellung aus der Stadt gekommen war. »Du sollst schießen lernen und mit mir auf die Jagd gehen. Willst du?«

In dem Augenblick war alles vergessen. Olga jubelte an seinem Halse und küßte seine harten Wangen. »Ich will es gleich lernen,« rief sie, »heute noch.«

»Heute noch, sobald du es befiehlst.« Mihael war immer sehr galant.

»Noch diesen Vormittag,« bat Olga.

»Gewiß, kleide dich nur an.«

»Oder jetzt – jetzt gleich,« – sagte sie schüchtern, »aber du wirst keine Zeit haben.«

»Für dich habe ich immer Zeit,« sprach ihr Mann, indem er sie auf die Stirn küßte. Olga schloß ihren weißen Morgenanzug mit einer Nadel über der wogenden Brust und hüpfte dann an seinem Arme die Freitreppe hinab. Es war ein frischer warmer Junivormittag, die trockene Luft mit balsamischem Heugeruch erfüllt, die Erde schwamm in heißem gelben Sonnenlicht und kräuselte sich leise in kleinen weißen Wolken. Auf der Straße, welche an dem Edelhofe vorüber führte, badete eine lärmende Bande fröhlicher Sperlinge im Staube.

Mihael besah die kleine Flinte, legte an und zielte, dann gab er sie Olga in die Hand und an die Backe und legte ihr sanft den Finger auf den Drücker. Olga zielte auf einen Apfel, der aus dem grünen Laube blickte, dann auf eine Schwalbe, die an der Erde dahinschoß. »So! jetzt sieh zu, wie ich lade.« Olga folgte mit gespannter Aufmerksamkeit der Patrone, dem Ladstock. »Jetzt setzest du die Kapsel auf. Vorsichtig. – Nun spanne den Hahn. – Gut. – Nimm dir den Apfel dort zum Ziele.« Olga nahm das Gewehr an die Backe.

»Höher.«

Der Schuß krachte, die Blätter flogen. »Nun lade selbst. Es wird das nächstemal besser gehen.«

Olga ergriff die kleine Patrone, schüttete das Pulver in den Lauf, setzte den Pfropf fest auf, den Vogeldunst, die Kapsel.

»Siehst du die Sperlinge dort auf der Straße?« fragte Mihael, der spähend umhergeblickt hatte.

»Ja.«.

»Nun, so versuche dein Glück.«

Olga besann sich nicht lange und zielte auf sie. Die kleinen Schreier schwammen sorglos mit ausgebreiteten Flügeln in dem feinen, weißen, warmen Staube, tauchten unter und kamen wieder mit grauen Köpfen lärmend hervor, flatterten auf, zankten, schnarrten, kollerten possirlich durcheinander.

Jetzt blitzte der Lauf. Ein Schrei von mehr als zwanzig kleinen Kehlen, ein dichter Schwarm erhob sich schwerfällig, flog gegen die Hecke und ließ sich auf derselben nieder, so daß sich die hohen Zweige derselben bogen. Olga jubelte auf und lief hin. Da lagen fünf der kleinen Wichte zerschossen auf dem Boden. Ihr Blut färbte den Staub. Einer zappelte noch, drehte sich wie im Kreisel und lag dann auch ausathmend neben den anderen. Olga nahm sie rasch in ihr Morgengewand und flog zurück. »Ich habe fünf erschossen, fünf!« rief sie mit kindlicher Ausgelassenheit, »da sind sie.« Sie sprang die Freitreppe empor, legte sie auf dem Geländer neben einander in Reih und Glied, wie man auf dem Schlachtfelde die Leichen der gefallenen Soldaten zusammenträgt, ehe man sie begräbt, und betrachtete sie mit einer großen Genugthuung.

»Fünf auf einen Schuß,« sagte sie noch immer heiter, »das war ein guter Schuß.« Mihael lud die Flinte von Neuem.

Olga war indeß still geworden. Sie stützte den Kopf in die Hand, blickte starr auf die kleinen Todten und langsam fielen ihr große, helle Thränen auf sie herab.

»Was hast du?« rief ihr Mann. »Ich glaube, du weinst!«

Olga begann zu schluchzen. »Die armen Thiere,« rief sie, »wie sie traurig da liegen, die Federn mit Blut verklebt, mit gebrochenen Augen, noch warm, was haben sie uns gethan? sie haben gewiß Junge im Neste, die auf sie warten und verhungern können, und ich habe ihnen das Leben genommen und kann es ihnen nicht zurückgeben! Daran ist nur unser verfluchtes Leben schuld, diese Einsamkeit, so wird der Mensch aus lauter Langerweile ein Raubthier.«

Ihr Mann lachte. Sein Gelächter klang ihr in diesem Augenblicke entsetzlich roh und bäuerisch.

»Du willst mich nicht verstehen,« rief Olga, »so muß ich noch deutlicher mit dir reden. Ich habe es lange auf dem Herzen. So kann es nicht bleiben, außer du willst mich opfern. Du jagst alle Menschen aus meiner Nähe, du sperrst mich ein, jedes Bauernweib hat mehr Freiheit. Ich kann nicht mehr, ich verzweifle, ich werde krank oder wahnsinnig.« Sie brach neuerdings in ein krampfhaftes Schluchzen aus.

Ihr Mann schwieg, schoß die Flinte aus und ging dann ruhig hinauf in das Zimmer. Sie folgte ihm und stellte sich mit auf der Brust gekreuzten Armen an das Fenster. »Du sprichst kein Wort,« sprach sie nach einer Weile, »ich verlohne dir wohl nicht der Mühe!«

»Ich spreche nie, ohne vorher zu denken,« entgegnete ihr Mann. »Hast du auch bedacht, was du mir gesagt hast?«

»Bedacht?« rief Olga, »ich habe Nächte lang geweint, zu Gott gebetet, er soll mich erlösen.«

»Da muß geholfen werden,« sprach ihr Mann trocken.

»Nun, so hilf!«

»Du fühlst dich in deinem Hause, bei unserem einsamen Leben nicht glücklich?«

»Nein.«

»Du erträgst es nicht?«

»Nein.«

»Nun, so sollst du leben, wie es dir Vergnügen macht. Empfange Besuche, lade deine Freundinnen, fahre zu den Nachbarn, tanze, reite, jage mit den Anderen. Ich habe nichts dagegen.«

»Ich danke dir,« sagte Olga beschämt.

»Danke mir nicht,« erwiederte ihr Mann ernst.

»Du bist böse,« sagte sie besorgt und trocknete ihre Thränen.

»Ich bin nicht böse,« entgegnete er, nahm sie beim Kopf, küßte sie, setzte sich zu Pferd und ritt nach dem Holzschlag. –

Olga kehrte nun in kurzer Zeit das ganze Haus um. Der Kreis von Kolomea schien bald nur eine Gesellschaft, einen einzigen großen Salon zu bilden, in dem man sich auf das Vornehmste amüsirte und als dessen Mittelpunkt die junge schöne Frau erschien, welche das neue Leben gierig, mit vollen Zügen einsog.

Der einsame Edelhof bekam auf einmal Ton und Farbe, sogar die großen Pappeln schienen freundlicher zu rauschen. Die Wiese schimmerte von hellen Frauengewändern, bunte Reife und Federbälle stiegen in die Luft, muthwilliges Lachen tönte durch den Garten.

Langsam rötheten sich die Blätter der Bäume. Der Wind strich kräftig durch die Stoppeln, Sommerfäden flatterten wie kleine Flaggen an den kahlen Büschen, Kraniche zogen im Dreieck gegen Süden. Ueber das Blachfeld sprengt Olga auf dem milchweißen Ukrainer, im fließenden Gewande, die wogende Feder auf der coquetten Mütze. Die jungen Gutsbesitzer, die Frauen in phantastischen Costümen folgen ihr auf muthigen Pferden. Das Jagdhorn schallt. Der Hase hebt im Krautfeld seine langen behaarten Ohren, setzt sich erstaunt auf und flieht dann zum Walde. Der Fuchs stößt eine heiseres Gebell aus und schlägt sich durch die Büsche seitwärts. –

Dann wird der Himmel immer grauer, nebelhafter, die Raben kreisen um die alten Pappeln, Nachts leuchten die Augen des Wolfes wie grüne Flammen hinter dem Zaun. An einem kalten sonnigen Morgen liegt die weiße Decke dicht und flaumig auf der weiten Ebene, kleine Diamanten kleben an den Fenstern, es tropft von Bäumen und Dächern, die Sperlinge schreien auf der Tenne. Noch ein paar Wochen, dann bleibt der Schnee liegen, der Schlitten mit dem verstaubten Schwanenkopf wird aus der Remise gezogen, die Bärenfelle pfeifen unter dem dünnen Rohr des Kosaken. Das Feuer knistert in den mächtigen Renaissanceöfen. Von allen Seiten schießen die Schlitten wie Raubvögel auf den gastlichen Edelhof zu, die Glöckchen klingen weit über die Fläche, im Vorsaal thürmen sich Pelze auf Pelze, die Damen schlüpfen aus den warmen, weichen Hüllen in den kleinen Salon und zünden ihre Cigaretten an, die Herren ziehe mühsam Glacéhandschuhe über die erstarrten Finger. Jetzt setzt sich Jemand an das Clavier, ein paar Takte, schon stehen die Paare zum Tanze gereiht. So geht es von Woche zu Woche, von Edelhof zu Edelhof. Die Spieltische werden nicht mehr zugeklappt, die langen Pfeifen dampfen, die geleerten Flaschen stehen in den Kellern in großen Quarrées, wie die alten Garden bei Waterloo.

Und wenn Olga, im fahlen Frühlicht, in den dunklen Pelz von sibirischem Zobel, die weichen Felle ihres Schlittens versunken nach Hause zurückkehrt, da reiten vor ihr Kosaken mit Fackeln, von denen das Pech unausgesetzt in den zischenden Schnee träufelt und alle Schlitten geben ihr das Geleite wie einer Herrscherin.

Und sie gebietet auch unumschränkt in dem lustigen Kreise, sie glänzt, sie siegt, sie ist glücklich. Man nennt schon den und jenen, der ihr sein verliebtes Confect besonders graciös und originell zu präsentiren weiß und dafür die Gunst genießt, ihr die Pelzschuhe an- und auszuziehen oder den Steigbügel zu halten, ihren Geliebten, während sie ihrem Manne die Treue noch kaum mit einem Worte, kaum mit einem Blicke verletzt hat. Sie hat ihren Gatten nie freundlicher behandelt sie sucht ihn durch hundert kleine Zärtlichkeiten zu entschädigen; aber das Geflüster der Gesellschaft, der Nachbarn, der Dienstleute drang auch zu seinem Ohr. Er vertraute seinem Weibe, aber er hielt auf Ehre und jeder Tropfen Verleumdung, der auf Olga spritzte, fraß wie Gift in seiner Seele.

Er wurde immer stiller, immer kälter. Wenn Jemand kam, ging er leise zur Hinterthür hinaus. Immer seltener begleitete er seine Frau auf ihren Ausflügen. Im Frühjahr gründete er mit mehreren russischen Gutsbesitzern einen ökonomischen Klub und nahm eine Reihe von Verbesserungen auf seinem Gute vor, hielt mehrere Zeitungen, kaufte viel Bücher, begann die Bauern an sich zu ziehen und besuchte Dorfschenken, da er daran dachte, sich in den Landtag wählen zu lassen. Als die Ernte vorüber war, ging er viel auf die Jagd, allein, nur mit dem Hunde. Oft kam er erst tief in der Nacht nach Hause. Olga war zu Bett, aber sie schloß kein Auge und erwartete ihn mit klopfendem Herzen. Er aber dachte, sie schlafe und ging still in sein Zimmer. Und nie hatte er sie so sehr interessirt, wie gerade jetzt. Alles, was er that, gewann für sie eine größere Bedeutung. Wenn er fort war, sah sie die Zeitungen an, die er gelesen hatte und blätterte in seinen Büchern.

Jetzt begann sie zu ahnen, was Liebe ist und sie fühlte, daß sie ihren Mann lieben könnte.

Dann, wie sie ihm so wenig war, daß er ganze Stunden mit Bauern sprechen konnte, welche ihn besuchten und einen abscheulichen Juchtengeruch verbreiteten, für sie dagegen kaum ein Wort fand; als sie lange Abende neben ihm saß, ohne daß er aus seinem Buche aufgeblickt hätte; als er zu Bette gehen konnte, ohne sie zu küssen, da verlangte sie mit einer Art Heftigkeit nach seiner Liebe. Sie ersann reizende Negligées, sie coquettirte mit ihrem Manne wie mit einem ihrer wahnsinnigsten Anbeter. Er mußte sie lieben, sie wollte, daß er sie liebe.

Alles versuchte sie und kam auf ein verzweifeltes Mittel.

Sie beschloß, ihn *eifersüchtig* zu machen.

Aber wo war der zu finden, welcher die Eifersucht des kühlen, klugen, sicheren Mannes erregen konnte! Olga suchte vergebens, sie fand keinen Würdigen. Unruhig trieb sie sich in der Gesellschaft, im Hause umher.

Da stand ihr Mann einmal an dem Gartenzaun und sah trübe der Sonne zu, welche hinter dem Walde versank, und die einzelnen Halme, welche auf den geschnittenen Feldern stehen geblieben waren, die Gräser, die Blätter der Bäume, mit flüssigem Roth überzog. Unerwartet schlang sie den Arm um ihn und hatte seine warme, trockene Hand gefaßt, welche in demselben Augenblicke eisig kalt wurde.

»Warum bist du nicht bei mir?« sprach sie, sich ganz hingebend, »du weichst mir aus. Bin ich dir so nicht recht? Wie willst du mich haben? Liebst du mich noch?«

Mihael streichelte ihre Wange und blickte wieder in die Landschaft. Olga umfaßte ihn leidenschaftlich und preßte ihren Mund auf den seinen. Ihr Mann machte sich sanft los. »Du reitest morgen zum Grundherrn von Zawale auf die Hetzjagd. Willst du, daß ich dich begleite?«

Olga sah ihn erschreckt an. »Das war es nicht.«

»Das war es,« sprach er lächelnd, »komm, es wird kühl, gehen wir hinein.« Und drinnen zog er Olga auf seinen Schooß und bedeckte ihren Nacken, ihre Lippen, ihre Brust mit Küssen; ihr Herz stand still von Jubel. Plötzlich sagte er: »Zünde die Lampe an und bringe mir die Zeitung.« Sein Weib ballte die kleine Faust und weinte die Nacht durch bis zum Morgen.

Ihre Augen tropften noch, als er ihr in den Sattel half, sie sah ihn seltsam an, peitschte ihr Pferd und sprengte voran.

Der Tag war klar und milde. Fröhlich brauste die Jagd über das Blachfeld. Im Walde waren die Schützen vertheilt, ihr Mann erhielt seinen Stand tief im Dickicht. Die schöne, siegreiche Frau mit dem blutenden Herzen, den Augen voll Thränen führte die Hetzjagd an. Sie entdeckte den ersten Hasen, der sich aus dem Gehölze in das Freie zu retten suchte, und wies mit der kleinen zitternden Hand auf ihn, die Windhunde wurden losgekoppelt, die Hörner schallten, mit wildem Hurrah folgten die Reiter dem verzweifelten Thiere. Sie setzte mit lachender Lebensverachtung über Gräben, Bach und Zäune, jeder Nerv bebte an ihr jetzt von grausamem Vergnügen, sie lachte wie ein Kind, das den Ball fliegen sieht, als endlich die Windhunde das vor Todesangst weinende Thier in die Luft emporwirbelten. In allen Blicken leuchtete die Bewunderung für die tollkühne Reiterin, ihre Eitelkeit feierte eine neue Orgie und es war ja nur ein elender Hase, der zu ihren Füßen aushauchte; die Cavaliere küßten ihre verschwitzten Handschuhe und schwenkten die Mützen. Sie blickte mit hochgerötheten Wangen, funkelnden Augen in dem Kreise umher.

Da stand seitwärts am Waldrande ein junger Mensch, den sie bis jetzt nicht beachtet hatte. Er betrachtete sie mit einem eigenthümlichen Ernste und schwieg.

»Nun, mein Herr,« rief sie ihm übermüthig zu, »wie gefalle ich Ihnen?«

»Mir nicht,« antwortete er trocken.

Olga brachte ihr Pferd durch eine rasche Wendung näher zu ihm. »Und weshalb, wenn ich Sie belästigen darf?« fragte sie, mehr neugierig als verletzt.

»Ein Weib, das sich an der Todesangst eines Thieres ergötzt, muß sehr herzlos sein, oder sehr – *gedankenlos.*«

In diesem Augenblicke faßte die Seele des armen eitlen Weibes etwas wie Haß, dämonisch, furchtbar, unbezwingbar; aber es war ein anderes Gefühl. Sie sah den jungen Menschen stumm an.

Der war bedeutend genug, ihren Mann zu quälen. Das wußte sie jetzt. Mehr brauchte sie ja nicht. Und er wagte es, sie mit Gleichgültigkeit zu behandeln, das mußte er büßen. Sie fragte nicht weiter.

Er war der erste Mann, der so mit ihr sprach, der ihr schroff, beinahe feindlich begegnete.

Und doch lag so viel Güte in seinem Auge.

Sie fieberte von Rachlust, während er sie kurze Zeit darnach kaum mehr beachtete und sich an der Tafel, sowie im Tanzsaale mit Anderen lebhaft unterhielt. Sie war für ihn nicht auf der Welt und sie sah, daß er in der Gesellschaft eine Rolle spielte. Noch nie hatte sie sich so unbehaglich gefühlt.

Sie erfuhr, daß es ein gewisser Wladimir Podolew sei, von dem damals viel die Rede war und vor dem alle einen großen Respekt hatten.

»Wladimir ist gegen Sie unartig gewesen,« sagte ihr die Hausfrau, ein schönes, kluges Weib, das aus einem Bauermädchen die Frau des Grundherrn von Zawale geworden war; »es ist so seine Weise, er hat ungewöhnliche Manieren, dafür ist er auch ein seltener Mensch, er sieht alles anders an wie wir, tiefer, durchdringender; seinem Geiste, so scheint es, kann nichts verborgen bleiben. Sie werden noch besser von ihm denken lernen, sprechen Sie nur mit ihm.«

Und die stolze Frau, die für Schwüre und Anbetung kaum mehr als ein verächtliches Zucken der Brauen hatte, ging auf ihn zu und sprach ihn an.

»Sie haben mich beleidigt,« begann sie mit bebenden, bleichen Lippen. Dann mußte sie Athem holen.

»Die Wahrheit thut immer weh,« entgegnete Wladimir, »aber sie ist gesund und hat eine unschätzbare Heilkraft für kranke Seelen.« Seine Augen stachen ihr dabei in das Herz.

»Sie haben die Bemerkung gemacht,« fuhr Olga mit gedämpfter Stimme fort, »daß ich wenig zu *denken* scheine. Ich habe über Ihre Worte nachgedacht, erklären Sie mir dieselben, ich verstehe sie nicht.«

»Auf welche Weise soll ich mich Ihnen erklären?« sagte Wladimir gleichgültig.

»Sie finden, daß der Mensch kein Recht hat, die Thiere zu tödten?« fragte Olga mit spöttisch zuckenden Augenlidern.

Wladimir lächelte. »Eine echt weibliche Logik,« sprach er; »von *tödten* war ja gar nicht die Rede, nur von *hetzen* und *quälen*. Ueberhaupt sollte in dieser Welt vom *Rechte* gar nicht die Rede sein, nur von der *Nothwendigkeit*, die alles beherrscht. Der Mensch muß am Ende leben und tödten, um zu leben. Wenn er sich von Pflanzen nährt, so tödtet er ja gleichfalls; denn auch die Pflanzen haben Leben. Er muß die Thiere tödten, aber er soll nicht mehr thun, als *nothwendig* ist, er soll sie nicht quälen, denn die Thiere haben einen Willen, ein Gefühl und einen Verstand wie wir; sie denken, wenn auch nicht so weit wie wir, und sich an ihren Qualen ergötzen, ist nicht viel besser, als im Circus Gladiatoren schlachten. Eine Frau, welche ein Thier zu Tode hetzen kann, erscheint mir nicht anders, als eine jener grausamen Vestalinnen, an deren Hand Tod und Leben hing und die so gerne den Daumen umdrehten. Eine solche Frau wird auch mit der Zeit keine Menschenopfer scheuen; denn das Bischen Vernunft mehr oder weniger, das uns vom Thiere unterscheidet, gilt beim Weibe ohnehin nicht viel.«

»Ich danke Ihnen,« sagte Olga, nachdem sie kurze Zeit starr vor sich hingesehen hatte. »Jetzt aber wollen wir uns unterhalten.« Sie nahm ohne weiteres Wladimirs Arm und ließ sich von ihm in den Saal zurückführen. Wenn er dann an der Thüre stand, während sie in dem Arme eines Anderen vorüberflog, traf ihn jedesmal ein warmer, sonniger Blick aus ihren schmachtenden braunen Augen. Jedesmal, wenn sie zu wählen hatte, wählte sie ihn, sie suchte ihn immer wieder in den Maschen des Gespräches zu fangen, er aber blieb stets ruhig und wortkarg.

Beim Nachhausefahren wickelte sich Olga mürrisch in ihren Pelz und zog sich wie eine Spinne zusammen, der das Netz zerrissen worden ist.

»Wer ist denn eigentlich dieser Bursche, dieser Wladimir Podolew?« warf sie nach einer Weile mit einer unbeschreiblichen Geringschätzung hin.

»Das ist einmal *ein Mann*, damit habe ich alles erschöpft,« erwiederte Mihael – er war keines Neides fähig –; »er hat ein Gut an der russische Grenze im Zloczower Kreise und hat hier jetzt eine große Pachtung übernommen. Er strebt immer weiter, war im Auslande, hat viel gelernt, ist kein Faulenzer, auch kein Planmacher, und vor allem kein Geck, kein Frauenknecht, wie unsere jungen Herren.« Er sah Olga dabei an.

»Wladimir ist wohl kein Pole?«

»Wie kannst du nur glauben! Hat je ein Pole etwas Ordentliches gelernt, ein Russe ist er. Das versteht sich von selbst.«

Und dieselbe Nacht noch brütete ein armes hochmüthiges Weib, wie es den verächtlichen Burschen fangen könnte. Am Morgen stieg Olga mit dem Entschlusse aus dem Bette, auf ihn Jagd zu machen. Ob er dabei leiden würde, fragte sie nicht. Ihr machte es Vergnügen und so sollte er mit Netzen umstellt und dann wie ein Fuchs gehetzt werden.

Das war aber nicht so leicht.

Wenige Tage darnach kam Wladimir zu ihrem Manne. Olga schmeichelte sich, er komme um ihretwillen und ging ihm mit einem siegesgewissen Lächeln entgegen. »Mein Mann ist im Dorfe und wird spät zurückkehren,« sagte sie und erwartete, daß Wladimir sein Vergnügen darüber irgendwie verrathen würde. Indeß sagte er ganz dürr: »Dann komme ich morgen.«

»Warum bleiben Sie nicht bei mir?« fragte sie erstaunt.

»Ich ritt herüber, seine Wirthschaft zu sehen; die können Sie mir doch nicht zeigen,« erwiederte Wladimir.

»Nun, so leisten Sie mir Gesellschaft,« meinte sie.

»Das vermag ich nicht,« gab er zur Antwort. »Ihnen würde ich gewiß nicht amüsant erscheinen und mir ist meine Zeit zu kostbar, um Phrasen aufzublasen. Das Leben ist so kurz und man hat immer genug zu arbeiten und zu lernen. Ich falle Ihnen zu Füßen.« Damit ging er.

Am nächsten Nachmittag kam er wieder. Olga las in einem neuen französischen Romane und rührte sich nicht von ihrem Schaukelstuhl. Er sprach im Nebenzimmer mit ihrem Mann. Die Thür war angelehnt, sie wollte nicht zuhören, sie starrte in das Buch, aber ihr entging kein Wort. Mit Aerger nahm sie wahr, wie klug und klar, wie stets nur zur Sache Wladimir sprach; er erörterte nichts, worüber er nicht unterrichtet war, in seiner Rede erschienen Dinge und Menschen gleichsam durchsichtig. Ihr Mann sagte wiederholt: »Von dir kann man Etwas lernen, Freund!« Sie wußte, was das aus seinem Munde sagen wollte.

Es war ganz dunkel geworden, als Mihael ihren Namen rief, worauf sie mit einer Art Hast in die erleuchtete Thür trat. Sie sah nur die Cigarren der Männer wie kleine feurige Kreise in der Finsterniß schwimmen, aber sie bemerkte doch, daß Wladimir sich erhob, um sie zu begrüßen, denn seine Cigarre schwebte rasch wie ein Leuchtkäfer empor.

Mihael bat um den Thee. Als der Kosak den kleinen Tisch gedeckt, die Lampe und den brummenden Samowar aufgepflanzt hatte, erschien Olga, erwiederte Wladimirs Gruß mit einem leichten

Kopfnicken und versank in dem nächsten kleinen Fauteuil. Der Kosak bediente mit kalter Küche. Olga füllte die Tassen, ließ ihre Papiercigarrette über der Lampe Feuer fangen und lehnte sich zurück. Die Männer setzten hierauf ihr Gespräch unbekümmert fort, während sie dem blauen Rauch zusah, der, in immer weiteren Kreisen, langsam zerfloß, und durch die halbgeschlossenen Augen, die langen dunklen Wimpern Wladimir beobachtete.

Er war nicht schön, aber was man so interessant nennt – häßlich auch nicht –, noch recht jung, vielleicht jünger als sie selbst, von mittlerer Größe, mager, beinahe schwächlich, mit schmalen Händen und Füßen, aber seine Haltung und seine Bewegungen hatten etwas äußerst Energisches. Sein langes hageres Gesicht zeigte nicht den geringsten Schimmer von Roth, aber es war mehr von der Sonne aufgezogen, gallig, braun, als bleich. Die mehr niedere Stirn zeigte auffallende Erhöhungen über der starken gebogenen Nase und den Augen. Olga fühlte sich versucht, in Galls Schädellehre nachzuschlagen. Ueber dem spitz geschnittenen Kinn wies ein voller, aufgeworfener Mund zwei Reihen blitzender Zähne. Wladimir trug keinen Bart, dafür aber dichtes braunes Haar, das schlicht zurückgekämmt war, beiläufig so, wie man es bei deutschen Pastoren und Lehrern sieht. Während Olga das Alles bemerkte, vermied sie seinen Blick, denn eigentlich mußte man ihm immer in die Augen sehen, so anziehend waren diese Augen mit ihrem ruhigen, klaren, magnetischen Blick. Große tiefe braune Augen, deren Ausdruck immerfort wechselte. Bald zuckte ein teuflischer Spott aus den halbgeschlossenen Lidern hervor, bald schwammen sie unter den langen seidenen Wimpern in feuchtem warmen Glanz, bald schnitten sie Einem in die Seele mit ihrer kalten geistigen Schärfe, immer aber sprach jene Ehrlichkeit der Erkenntniß, jene Wahrheit des Herzens aus ihnen, die keinen Zweifel aufkommen läßt.

Sein ganzes Wesen umfloß, trotz der Nüchternheit und Bedächtigkeit desselben, eine gewisse Poesie.

So war der Mann, der über das schönste Weib hinwegsah, wie über einen Zaunpfahl.

Er sprach mit ihrem Manne sehr ernsthaft von dem Ackerbau, der Pferdezucht, der Pflege des Waldes; später von den Angelegenheiten des Landes. Olga warf ihre Cigarrette weg und hörte zu.

»Wir langweilen Sie, gnädige Frau?« sagte Wladimir spöttisch.

»Nein,« entgegnete Olga, »ich habe mehr Vergnügen, Ihnen zuzuhören, als bei unsern sogenannten Unterhaltungen. Wir vergessen so gerne, wie arm und zerbrechlich unser ganzes Dasein ist, wie schwer wir zu arbeiten und zu kämpfen haben. Der Ernst, mit dem Sie Alles nehmen, thut mir so wohl. Mir ist so – wie soll ich mich gleich ausdrücken – so, als wenn ich aus meinem parfümirten Boudoir in den Nadelwald komme, in dessen frischem, herben Duft sich meine Brust erweitert.« Die eitle Frau sagte dies Alles ohne jeden Hochmuth, einfach, beinahe zutraulich.

Wladimir sah sie das erstemal lange und scharf an und beim Fortgehen gab er ihr die Hand; aber wie kalt war sie, diese Hand, und wie fest, eine Hand aus Eisen. – –«

Olga erzählte so fließend, ihre Rede hob und senkte sich melodisch wie eine murmelnde Quelle, daß es den Eindruck machte, als würde sie ihre Geschichte mit anmuthigem Tonfall vorlesen, oder habe sie Wort für Wort auswendig gelernt und sage sie nun her. Sie lebte offenbar Alles noch einmal durch, jeder Zug, Ton und Farbe, jede Bewegung stand wie gegenwärtig vor ihr. Ich schloß die Augen und lauschte nur, ich wagte nicht laut Athem zu holen.

»Wladimir kam nun öfter,« fuhr sie fort, »Olga behandelte ihn ganz anders, als alle andern Männer; ihm gegenüber zeigte sie sich bescheiden, anspruchslos, sie hörte zu, wenn er sprach, fragte um Manches, sprach selbst nur wenig, aber ihre Augen hingen immer an den seinen. Ihr Anzug zeigte eine ausgesuchte elegante Einfachheit, sie trug stets ein Kleid von dunkler Seide, das bis zum Halse geschlossen war, mit einem kleinen weißen Kragen. Das prächtige Haar lag in breiten Flechten wie eine Reihe dunkler Spangen auf ihrem Haupte.

Während die Anderen aus ihren Schuhen tranken, überhäufte sie Wladimir mit hundert kleinen Aufmerksamkeiten und machte ihm förmlich den Hof. Jede Bemerkung von ihm schien ihr wichtig.

Eimal warf er ein paar gewichtige Worte gegen den Schnürleib hin.

Den nächsten Abend erschien sie in einer bequemen Kazabaika von dunklem Sammet, mit Marderpelz gefüttert und besetzt.

»So ist es recht,« sagte Wladimir, indem er sie das erstemal mit einem gewissen Vergnügen betrachtete.

»Ich werde nie mehr ein Mieder nehmen,« erwiederte Olga rasch.

»Warum nicht?«

»Sie haben es doch gesagt,« rief sie, »und Sie verstehen Alles besser, als wir Anderen.«

Beim Thee streifte sie zufällig seine feine Hand nur mit den äußersten Haarspitzen ihres pelzbesetzten Aermels, aber sie sah, wie es ihn elektrisch berührte; ihre Brust hob sich, ihre Augen blitzten im Triumphe auf.

Er aber wußte in demselben Augenblicke, daß sie ihn erobern wollte und zeigte sich fortan noch zurückhaltender, mied sie so viel als möglich, und schloß sich noch herzlicher an ihren Mann.

Der Zufall brachte in den nächsten Tagen das Gespräch auf eine coquette Edelfrau, für die ein junger Officier im Zweikampf gefallen war.

»Ob so ein Weib kein Gefühl für ihre Ehre, ihre Kinder hat,« meinte Mihael, »wenn sie schon kein Blut scheut?«

»Ach! Die Ehre dieser Gattung Frauen ist die eines Eroberers, sie wird nur nach dem Erfolg geschätzt,« rief Wladimir höhnisch; »so ein Weib opfert ihrer Eitelkeit Glück, Liebe, Achtung, Alles. Aber ein Mann von Ehre und Charakter wird ihr stets fern bleiben; nur Gecken, Dummköpfe, schlechte Wichte sind ihre windige Beute, wie die Katze, die nicht auf edleren Raub ausgehen kann, im Hause Mäuse oder Fliegen fängt. Die Race wird übrigens immer häufiger, denn unsere gebildete Frau ist eine Müssiggängerin, die Romane liest und Clavier spielt; das ist das Unglück.«

»Sie verachten die Künste?« warf Olga hin.

»O nein,« antwortete er lebhaft, »aber ohne Arbeit gibt es kein wahres Vergnügen. Diese Männer, die unsterbliche Werke der Kunst schufen, haben auch gearbeitet, sie haben den Pinsel, die Feder in ihr Herzblut getaucht. Nur wer selbst etwas leistet, ist im Stande, sie zu verstehen und zu genießen.«

»Sie haben Recht,« entgegnete Olga traurig. »Wie oft fühle ich eine entsetzliche Leere, einen Ekel an allem Leben in meiner Brust.« –

»Versuchen Sie zu arbeiten,« sprach Wladimir strenge, »Sie sind noch jung, Sie sind vielleicht noch zu retten.«

Olga wagte nicht, ihn anzusehen. –

Wochen vergingen.

Trübe Nebel wogen um den Edelhof, die weite Ebene ist wieder mit tiefem Schnee, der Teich mit schimmerndem Eise überzogen. Der Schlitten steht indeß noch verstaubt in der Remise, Motten siedeln sich in den glänzenden Bärenfellen an. Olga vergräbt sich ganz in den weichen Polstern ihrer Ottomane und brütet. Je weniger Wladimir an ihren glühenden Blicken Feuer fängt, um so unbändiger verlangt ihr hochfahrender Sinn seine Unterwerfung, sie ist beleidigt, verwundet, erniedrigt vor sich selbst. Sie muß ihn zu ihren Füßen sehen und dann will sie mit Siegesfreude auf ihm herumtreten. Es fällt ihr gar nicht ein, an eine Gefahr für sich zu denken. Sie hat den ersten Mann vor sich, der es werth ist, daß man ihn erobert, und da soll ihr Reiz, ihre Schönheit, ihre Kunst versagen?

Nein, sie muß ihn haben, sie will jeden Preis für ihn zahlen – den höchsten! –

Sie weiß, daß er Achtung vor der Arbeit hat und so beginnt sie zu arbeiten.

»Du übst einen trefflichen Einfluß auf meine Frau,« sagte ihr Mann eines Abends zu Wladimir, während Olga am Stickrahmen sitzt; »sieh, wie sie sich seit einiger Zeit beschäftigt.«

Wladimir sieht sie an. »Habe ich Ihnen gesagt, daß Sie sich die Augen verderben und das Brustblatt eindrücken sollen?« sagt er trocken. »Stehen Sie gleich auf!« Olga gehorcht. »Sie haben Besseres zu thun,« fährt er fort; »so sehr mir Ihre Wirthschaft gefällt, so vermisse ich dagegen in Ihrem Hause jene glänzende Reinlichkeit, welche Holland und einen Theil von Deutschland so sehr auszeichnet. Da haben Sie eine Aufgabe, bei der Sie gesund und *schön* bleiben.«

Es war die erste Huldigung des ernsten eisernen Mannes. Olga wendete ihr Antlitz, über das sich eine flammende Röthe ergoß, überrascht zu ihm und sah ihn zugleich schüchtern und dankbar an.

Das nächstemal traf sie Wladimir, wie sie die Spinneweben von der Decke des Speisesaals herabwischte. Er nahm ihr den Besen aus der Hand und stellte ihn in die Ecke. »Das ist keine Arbeit für Sie,« sprach er weich; »ich habe nicht gemeint, daß Ihre zarten, blutreichen Lungen so viel Staub schlucken sollen.«

»Aber was soll ich anfangen,« sagte sie, »meine Dienstleute sind einmal keine Holländer.«

»Sie werden sie dazu machen,« rief er. »Zeigen Sie ihnen nur Strenge und Gerechtigkeit zu gleicher Zeit, aber nicht einmal, sondern hundertmal, täglich, das ganze Jahr durch. Vergessen Sie nie, daß Sie die Herrin sind, daß, sobald Sie die Arbeit Ihrer trägen Dienstleute verrichten, Sie beiläufig dasselbe thun, wie Napoleon, der für den schlafenden Grenadier auf dem Vorposten steht.«

Wladimir führte sie hierauf an seinem Arm durch das ganze Haus bis in die Küche und den Keller.

»Haben Sie nicht vom Morgen bis zum Abend zu thun, wenn Sie dieß Alles beaufsichtigen wollen? Leiten, anordnen, gebieten: das ist Ihre Sache. Führen Sie außerdem die Rechnungen, Sie schaffen Ihrem Manne dadurch eine wesentliche Erleichterung.«

Von der Terrasse aus zeigte er ihr den Garten. »Wenn der Frühling kommt, dann können Sie hier säen, setzen, graben, gießen und jäten; das Alles wird Ihnen vortrefflich bekommen. Da können Sie auch *grausam* sein, was jedes Weib von Zeit zu Zeit sein muß, indem Sie gegen Raupen und Engerlinge einen Krieg ohne Erbarmen führen. Ich empfehle Ihnen aber dafür die Bienenstöcke und meine kleinen fleißigen Lieblinge. Und nun« – schloß er, indem er sie in den Salon zurückgeleitete – »nun bitte ich Sie, spielen Sie mir Etwas; Sie spielen mit so viel Verständniß und Empfindung.«

Olga zitterte am ganzen Leibe. Mit gesenktem Blick setzte sie sich an das Piano und ließ ihre Finger über die Tasten gleiten.

»Ich begreife Ihr Spiel, wenn ich Ihre Finger betrachte, diese feinen durchsichtigen, gleichsam beseelten Finger,« sagte er leise.

Olga war bis in die Lippen bleich geworden, sie legte einen Augenblick die Hand auf das Herz, dann spielte sie –

Die Mondscheinsonate von Beethoven.

Bei den ersten leise klagenden Tönen des Adagio legte Wladimir die Hand über die Augen. Alle Zauber der Mondnacht strömten über sie und ihn, tiefe Schatten sanken auf sie herab, ein magisches, zitterndes, wehmüthiges Licht, und ihre Seelen schwangen mit in der dämmernden schmerzlichen Melodie. Als der letzte Ton in der Luft verschwamm, ließ sie die Hände langsam herabsinken.

Beide schwiegen.

»Entsagung, Ergebung,« sagte er endlich, »das spricht zu uns aus dieser wunderbaren Sonate, wie aus der Natur, aus der Welt, die uns umgibt. Ergebung des Herzens vor Allem. Entsagung. Es mag die getäuschte Liebe sein, die fortlebt in dem treuen Herzen, oder eine Liebe, die sich selbst zu ewigem Schweigen verdammt. Wir Alle müssen entsagen lernen.«

Er sah Olga an. Seine Augen schienen feucht. Er war merkwürdig weich. –

Einige Zeit vermied er es, zu kommen. Olga verstand ihn.

Dann kam ein Tag, an dem ihr Mann in die Kreisstadt nach Kolomea fuhr, um Einkäufe zu machen. Sie blieb zurück. Das Herz drohte ihr jeden Augenblick still zu stehen, sie wußte, daß er kommen werde, und wie die ersten Schatten der Dämmerung in ihr Zimmer fielen, schlüpfte sie mit zwei heftigen Bewegungen in die pelzbesetzte Kazabaika und setzte sich an das Piano. Beinahe willenlos begann sie die Sonate. Auf einmal brach sie mit einer Dissonanz ab. Sie dampfte vor Hitze in dem üppigen Pelz, riß ihn auf und ging mit großen Schritten, die Arme unter der wogenden Brust gekreuzt, auf und ab.

Und jetzt stand er im Zimmer.

Das Blut stieg ihr in die Wangen, sie zog die Kazabaika zusammen und reichte ihm die Hand.

»Wo ist Herr Mihael?« fragte er.

»In Kolomea.«

»Dann will ich –«

»Sie wollen doch nicht gehen?«

Wladimir zögerte.

»Ich habe mich seit dem frühen Morgen gefreut, mit Ihnen zu sprechen, allein zu sprechen,« sagte Olga mit gedrückter Stimme. »Ich bitte Sie, bleiben Sie bei mir.«

Wladimir legte seine Mütze auf das Clavier und setzte sich in einen der kleinen braunen Fauteuils. Olga ging noch einige Schritte durch das Zimmer und blieb dann vor ihm stehen. »Haben Sie schon geliebt, Wladimir?« fragte sie rasch und rauh. »O gewiß!« Ihre Lippen zuckten verächtlich.

»Nein,« entgegnete er mit tiefem Ernst.

Olga sah ihn sprachlos an.

»Und sind Sie im Stande, zu lieben?« fragte sie zaghaft. »Ich glaube nicht.«

»Sie irren sich noch einmal,« antwortete Wladimir. »Naturen, wie die meine, die sich nicht in kleiner Münze ausgeben, die reif geworden sind, ohne zu empfindeln, sind vielleicht allein im Stande, *wahrhaft zu lieben*. Wie sollte das so eine unreife grüne Pflaume von einem Mädchen oder einem jungen Menschen können? *Das kann nur ein Mann.* Vielleicht auch ein Weib, aber die Meisten haben dann ihr Herz bereits verzettelt.«

»Und wie müßte ein Weib sein, das Sie lieben könnten?« fragte Olga weiter, ohne ihre Stellung zu verändern.

Wladimir schwieg.

»Das interessirt mich auf das Höchste,« murmelte sie.

»Muß ich antworten?«

»Ich bitte Sie.«

»Nun, sie müßte das gerade Gegentheil von Ihnen sein,« sagte er mit trockener gepreßter Stimme.

Olga wurde todtenbleich, dann schoß ihr das Blut ins Gesicht und das Wasser in die Augen. Sie sah stumm zu Boden.

»Nun, lachen Sie doch,« rief Wladimir mit wehmüthigem Humor, »es muß Ihnen das unendlich lächerlich vorkommen.«

»Sie sind nicht artig,« entgegnete Olga mit einer von Thränen erstickten Stimme.

»Aber wahr,« entgegnete er rücksichtslos.

»Sie haben einen Widerwillen gegen mich,« sprach Olga fest, indem sie zugleich hochmüthig den Kopf emporwarf, »ich habe es lange schon gefühlt.«

Wladimir stieß ein kurzes, heiseres, unendlich trauriges Gelächter aus. »Nun, so sage ich Ihnen die ganze Wahrheit,« rief er dann mit heftiger Bitterkeit, »*ich fühle mehr für Sie, als für jede andere Frau auf der Welt.*«

Olga sah ihn erschrocken an; ihr Herz schlug bis an den Hals hinauf, das Blut schoß ihr klingend in die Ohren.

»Ich könnte Sie lieben –«, fuhr er ruhiger fort, mit einem Blicke voll schmerzlicher Hingebung.

»Dann lieben Sie mich auch!« rief Olga.

»Nein,« sagte er leise, »dazu gehört vor Allem *Achtung*.«

Sie machte eine Bewegung.

»Ich bitte, mißverstehen Sie mich nicht,« sprach er weiter, »ich will Sie nicht kränken, ich will mich Ihnen nur erklären. – Es ist am Ende nur ein Naturtrieb, der die Menschen zusammenführt, wie die Thiere, aber kein Naturtrieb ohne Wahl. Es handelt sich ja dabei nicht um uns, sondern um unser Geschlecht, nicht um unsere Freuden, sondern um ein neues Leben; denn jeder Tag ist ein Schöpfungstag. Instinctiv suchen Mann und Weib, das eine an dem anderen, jene Eigenschaften, die ihm fehlen, die es am höchsten achtet oder liebt, und immer scharfsinniger, immer eigensinniger wird diese Wahl, je mehr die Vernunft bei derselben mit zu reden hat. So kann *wahre Liebe* zwar auch nur aus einem mächtigen Triebe der Natur, einem magnetischen Instinct entstehen, aber *dauern* kann sie nur durch volle gegenseitige Achtung des Wesens und der Eigenschaften. Wenn ich zu weit ausgeholt habe, so lachen Sie mich nur aus!«

»Ich lache nicht,« erwiederte Olga finster. »Und Sie haben also nicht jene Achtung für mich –«

»Nicht jene volle Achtung,« unterbrach sie Wladimir, »welche ich verlange, wenn ich einem Weibe mein Herz und Leben hingeben soll...«

»Sie verachten mich!« sprach Olga zornig und die Schläfen begannen ihr zu pochen.

»Nein, ich bedaure Sie,« erwiederte Wladimir, »ich nehme innigen Antheil an Ihnen, ich denke oft an Sie, ich möchte Sie retten.«

»Warum verachten Sie mich?« rief sie mit blauen bebenden Lippen. »Sie haben kein Recht dazu. Ich will nicht von Ihnen verachtet sein.«

»Was liegt Ihnen an mir?« sprach Wladimir bitter, »Ihnen, der Alles zu Füßen liegt!«

»Warum verachten Sie mich?« schrie Olga aus der Tiefe ihrer Seele auf »Sagen Sie es, ich will es.« Zugleich setzt sie den Fuß mit einer gewissen Wildheit heftig auf seinen Stuhl, und ihre Augen funkelten voll Haß und Mordlust.

»Gut. So hören Sie mich an,« sagte Wladimir mit eisiger Kälte. »Sie sind ein Weib von seltener Schönheit, starkem Geiste, weichem zärtlichen Gemüth, ein Weib, geschaffen, den besten Mann zu ihrem Sklaven zu machen. Sind Sie damit zufrieden? Nein! Sie wollen jeden Tag einen neuen Sieg feiern, jede Nacht auf frischen Myrthen ruhen. Ihre Eitelkeit ist unersättlich, sie frißt wie ein Geier an Ihrem Herzen, aber dieß arme kleine Herz wächst nicht nach, wie jenes des Titanen, und so wird Ihr Ende Lebensekel, Menschenhaß und Selbstverachtung sein.«

Olga stöhnte auf, dann begann sie laut zu weinen, mit beiden Händen in ihrem Haar zu wühlen und mit den Zähnen zu knirschen. Wie sie die Arme hob, flog der Pelz auseinander und sie stand mit zornig wogender Brust, lodernden Augen, aufgelöstem schwarzen Haare, wüthend, wie eine Mänade, über ihm.

Wladimir erhob sich.

Sie stieß einen schmerzlichen Schrei aus und hob die geballten Fäuste. –

Er runzelte nur die Stirne und sah sie an. Da sanken ihr auch schon die Hände herab und das Haupt auf die Brust.

Im nächsten Augenblicke war er fort und sie lag auf dem Teppich und schluchzte. – –

Tage vergingen, Wochen, ein Monat.

Wladimir kam nicht.

Er mied auch ihren Mann.

Olga leidet furchtbar. Sie weiß jetzt, daß er sie liebt, aber sie weiß auch, daß er sie verachtet, und ihre Leidenschaft entzündet sich gleichmäßig an seiner Neigung, wie an seinem Hasse. Sie fängt einen Brief an und zerreißt ihn wieder; sie läßt ihr Pferd satteln, um zu ihm zu reiten und reitet nicht. Stundenlang steht sie in der Küche und starrt in das Herdfeuer. Ein bis jetzt nicht gekanntes Gefühl kommt über sie. Sie denkt nur an ihn. Wenn sie in der Dämmerung am Fenster steht, meint sie jede Secunde den Hufschlag seines Pferdes, seinen Schritt zu hören, seine Stimme. Sie wälzt sich Nächte und wieder Nächte schlaflos auf ihrem Lager und schlummert erst gegen Morgen ein.

Jetzt erst versteht sie die Dichter und die Musik.

Es ist dunkel geworden. Sie sitzt am Piano und spielt die Mondscheinsonate und mit den Tönen fließen ihre Thränen. Ihr Mann tritt leise hinter ihren Stuhl und zieht sie an sich. Er fragt nicht, und sie legt ihren Kopf schweigend an seine Brust und weint. – –«

Olga's Stimme sank zum Flüstern herab. Sie hatte sich verschämt von mir abgewendet, ihre ganze Seele zitterte in keuscher inniger Liebe.

»Es war am heiligen Abend,« erzählte sie weiter; »Olga kam mit ihrem Manne im Schlitten von Tulawa, wo er im Pfarrhofe ein paar Schriftstücke abgegeben hatte, und sie fuhren bei Wladimirs Hof vorbei.

Olga faßte ein tiefer Schauer, als ihr Mann unerwartet vor dem Thore halten ließ. »Wir holen ihn, komm,« sagte Mihael. Olga rührte sich nicht. »Willst du nicht?« Sie schüttelte den Kopf. Ihr Mann ging hinein und kam nach kurzer Zeit mit Wladimir zurück, welcher ehrerbietig grüßte und dann zu ihnen in den Schlitten stieg. Während der Fahrt sprach Niemand ein Wort. Olga saß an Wladimirs Seite, ohne sich zu bewegen, nur einmal zuckte sie zusammen, da er sie unwillkürlich berührte. Als sie ankamen, betrachtete Wladimir den bekannten Edelhof mit einem sonderbaren Lächeln.

Nachdem Mihael seinem Weibe aus dem Schlitten geholfen und ihr den schweren Pelz abgenommen hatte, sprach er, sich vergnügt die Hände reibend: »Das wird jetzt ein heiliger Abend, wie es sich gehört. Ich will sehen, was die Kinder machen.« Damit ging er hinaus und ließ sie mit Wladimir allein im Salon.

Olga warf sich nachlässig in einen Fauteuil und zündete eine Cigarrette an. Plötzlich lachte sie hell auf. »Ihr Widerwille, Ihre Verachtung gehen so weit,« sprach sie, »daß Sie mit mir nicht unter einem Dache sein können.«

»Sie wollen mich nicht verstehen,« sagte Wladimir kalt.

»Ach!« rief Olga, »Sie sind eines tiefern Gefühls nicht fähig, sonst würden Sie mich nachsichtiger beurtheilen.«

Dießmal wurde er bleich. »Glauben Sie?« sprach er. »Nun, so hören Sie mich noch einmal an. *Ich liebe Sie!*«

Olga warf die Cigarrette fort und stieß ein rohes Gelächter aus.

»Und Sie sind die *erste Frau*, die ich liebe,« fuhr er ruhig fort, »ich liebe Sie so, daß ich darunter *leide*, und ich leide nicht, weil ich Sie nicht besitzen kann; ich leide, weil ich Sie nicht *lieben darf*. Es zerreißt mir das Herz, daß eine so herrliche Natur einen so häßlichen Charakter gegeben hat.«

Olga regte sich schmerzhaft; ihr Blick hing scheu und flehend an dem seinen.

»Sehen Sie mich nicht so an,« rief er; »ich muß Ihnen wehe thun. Ich habe kein Mitleid mit Ihnen. Haben Sie Mitleid gehabt mit dem jungen Bogdan, den der Herr von Zawale um Ihretwillen im Birkenwäldchen von Tulawa todt niederstreckte? Mit Demetrius Litwin, der sein Gehirn, das Sie toll gemacht, mit einem Pistolenschuß an die Wände seines Zimmers spritzte? Haben Sie Mitleid mit Ihren Kindern, mit Ihrem Manne gefühlt, als Sie Zawadzki's Huldigungen annahmen, als Sie den Grafen –«

»Wann hätte ich das gethan?« rief Olga entsetzt, indem sie aufsprang und die Hände zusammenschlug.«Wer hat Ihnen das gesagt?«

»Alle Welt sagt es,« erwiederte Wladimir höhnisch.

»Nun, so lügt die Welt,« sprach Olga energisch, das Haupt muthig erhoben; ihre Wangen, ihre Augen glühten jetzt voll Zuversicht. »Ich aber rede die Wahrheit, Wladimir, ich bin unschuldig an diesem Blute, nicht ein Tropfen kommt über mich.«

»Geben Sie sich keine Mühe,« entgegnete er beklommen, »ich glaube Ihnen nicht.«

Olga sah ihn an, brennend, thränenlos, voll Schmerz und Liebe, und ging dann langsam mit gesenktem Haupte in das Nebenzimmer.

»Nun, so glauben Sie diesen Briefen,« rief sie und riß ein Packet das mit einem rosa Band geknüpft war, aus ihrem Schreibtisch.

Wladimir war ihr gefolgt. »Ihr Mann kann jeden Augenblick zurückkehren,« sprach er hastig.

»Er soll kommen,« entgegnete Olga mit stolzer Unschuld, »ich lasse mich nicht beschimpfen. Sie müssen meine Vertheidigung hören, dann verurtheilen Sie mich. Hier ist ein Brief von Litwin, zwei Tage vor seinem Tode. Schreibt so ein Mensch, der sich aus Liebesgram das Leben nimmt?« Sie warf den Brief verächtlich hin.

Wladimir entfaltete ihn und durchflog die Zeilen mit fiebernder Eile.

»Hier sind Briefe von Bogdan. Lesen Sie. Sind das die Briefe eines Liebhabers, der für eine Frau im Zweikampf fällt? Litwin erschoß sich, weil er mehr Schulden als Vermögen hatte, und Bogdan duellirte sich mit dem Herrn von Zawale wegen eines Wortwechsels beim Kartenspiele. Hier sind Briefe von Zawadzki, vom Grafen Mnischek, von allen Anderen, die man meine Anbeter nennt. Schreiben so Männer, denen eine Frau ihre Gunst geschenkt hat? Ich bekenne, ich bin eine Coquette, ich bin eitel, eroberungslustig, grausam, aber ich bin nicht schlecht, nicht verworfen. Weil die Männer mir huldigen, verleumden mich die Frauen und wälzen jede Schuld auf mich. Ich habe gefehlt, aber nicht so sehr, wie Sie glauben. *Ich habe meinem Manne die Treue niemals verletzt.* Ich schwöre es.«

Sie wendete sich gegen das hölzerne Kreuz, das über ihrem Bette hing, hielt aber inne.

»Nein!« rief sie, »bei meinen Kindern will ich schwören! Nun, jetzt wissen Sie Alles, jetzt beschimpfen Sie mich.«

Wladimir starrte noch in die Briefe. »Ich habe Ihnen Unrecht gethan,« sprach er, seine Stimme bebte dabei, »vergeben Sie mir, wenn Sie können.« –

Er war zu weit gegangen und stand nun erschüttert und wehrlos vor ihr.

»Spotten Sie nicht,« erwiederte Olga, mit scheuer, schwermüthiger Zärtlichkeit im Blicke, »ich bin schuldig. Ich fühle es, ich gehe unter. Ich bin noch nicht so, wie Sie dachten, aber ich fühle es, ich bin auf dem Wege, es zu werden. Ich muß sinken, mir fehlt jeder Halt. Ich habe nicht gewußt, was ein Mann, was die Liebe eines Mannes ist, jetzt fühle ich, *es ist Alles in dem Leben eines Weibes*, und ich muß zu Grunde gehen ohne sie, verzweifeln, sterben. Sie können mich retten, Sie allein, jetzt stoßen Sie mich von sich!«

Wladimir preßte eine Hand gegen das Herz, die andere gegen die Stirn. Sie warf sich schluchzend an seine Brust und schlang die Arme mit der Kraft der Verzweiflung um seinen Nacken und der starke eiserne Mann begann zu weinen, zog das arme Weib an sich und hing überwältigt an ihren Lippen. Die Gegenstände um sie verschwammen, sie fühlten nur ihre Herzen in schmerzlicher Seligkeit gegen einander schlagen. – –

Schritte tönten im Nebenzimmer, er ließ sie los und trat an das Fenster, Olga lehnte sich mehr todt als lebendig an den Schreibtisch. Ihr Mann trat ein, sah Beide mit einem durchdringenden Blicke an und meldete dann, der Weihnachtstisch sei bereit. Er sagte nichts, aber er zeigte sich den ganzen Abend wortkarg und verstimmt, während Olga ein Glas Wein nach dem andern hinabstürzte und ausgelassen mit den Kindern herumsprang. Zuletzt zündete sie die Krippe an und rief die Dienstleute. Mit ihnen kamen zwei Kolendysänger,[2] ein alter würdiger Mann mit weißem Barte und ein junger Bursche mit muthwilligen Augen, und sangen unsere alten wunderbaren Weihnachtslieder, bald wehmüthig entsagend, bald

---

2 Kolendy heißen bei uns die Lieder, welche vom Volke und herumziehenden Sängern und Spielleuten zu Weihnachten vorgetragen werden.

gemüthvoll sinnig oder von toller Lustigkeit überschäumend, wie der Charakter unseres Volkes. Alle stimmten ein.

Und wie sie von ihm sangen, der in der armen Krippe lag und den die Hirten andächtig grüßten, weil er gekommen war, uns zu erlösen aus Tod und Sünde, da stockte Olga die Stimme von seligen Thränen und sie faltete demüthig die Hände in ihrem Schooße und blickte auf ihn, dem sie ihre Seele hingegeben hatte.

Bei ihrem Erwachen an dem nächsten Morgen machte Olga die Bemerkung, daß die Welt sich gleichsam um sie verändert habe. Das Stückchen Sonnenlicht, das auf dem Boden lag, bereitete ihr eine große kindische Freude, der Schnee im Garten und auf den Feldern schimmerte freundlich, die Raben, welche über die frostigen weißen Schollen hüpften, sahen alle so glänzend, wie geputzt aus, und in ihrem eigenen Herzen war eine angenehme Unruhe.

Am zweiten Weihnachtsfeiertage fuhr Mihael zu einem benachbarten Gutsbesitzer, einem Kleinrussen, bei dem sich viele Parteigenossen zur Tafel einfanden. Wladimir wußte es.

Nachmittags, es dämmerte bereits etwas, tönten die Glöckchen seiner Pferde im Hofe.

Olga lief ihm entgegen, hielt plötzlich inne und bot ihm verschämt mit gesenktem Blicke die Hand. Wladimir drückte sie herzlich und führte die geliebte zitternde Frau zu dem kleinen braunen Sopha, auf das sie ihn zu sich niederzog. Eine beinahe jungfräuliche Keuschheit lag in ihrem ganzen Wesen, ihrer Haltung, als sie scheu und zärtlich den Kopf an seine Schulter legte; sie dachte in diesem Augenblicke an nichts mehr, nicht an sich, nicht einmal an ihn, sie schmiegte sich an seine Brust und war glücklich.

»Haben Sie mich erwartet?« begann Wladimir schüchtern.

Sie nickte leise, ohne ihre Stellung zu ändern, nahm dann plötzlich seinen Arm und legte ihn um sich herum.

»Sie denken sich wohl, weshalb ich gekommen bin?« begann er wieder.

»Was ist dabei zu denken?« sagte sie naiv. »Ich habe Sie lieb, ich denke gar nichts.«

»Sagt Ihnen Ihr Gewissen nicht, daß wir uns nicht so willenlos forttreiben lassen können?« fragte er dumpf.

»Sie wissen ja, ich habe kein Gewissen,« entgegnete sie und ein muthwilliges Lächeln zog lieblich, von den Mundwinkeln aus, über ihr ganzes Gesicht.

»Mein Kopf ist wieder kalt geworden,« fuhr Wladimir ernst fort, »ich habe unsere Lage redlich erwogen. Alles liegt jetzt bei Ihnen. Ich bin gekommen, damit wir uns aussprechen, damit wir über die Zukunft klar werden.«

»Was noch?« entgegnete sie. »Ich liebe Sie über Alles, ich will nichts weiter wissen.«

»Olga!« rief er beinahe erschrocken.

»Nun?« – sie richtete sich auf – »Wollen Sie mir sagen, daß der Augenblick Sie fortgerissen und getäuscht hat, daß Sie mich nicht lieben?«

»Ich habe Sie so lieb – Sie wissen nicht, wie lieb ich Sie habe, das können Sie nicht wissen,« sprach er mit rührender Innigkeit, »und deshalb will ich Ihr Glück in Wahrheit. So können Sie nicht glücklich sein. Soll diese Liebe, die uns über uns selbst erhebt, Sie in jenen Schmutz hinabstoßen, in den ich Sie schon mit unendlichem Schmerz versunken sah? Bis jetzt waren Sie nicht glücklich, aber redlich und pflichttreu, und ich soll der Mann sein, der Sie sündigen, heucheln, betrügen lehrt? Und wie sollen Sie ein ruhiges Herz in der Brust tragen, wenn Sie zwei Gesichter zeigen müssen, eines dem Manne, das andere dem Geliebten, und zuletzt selbst nicht wissen, welches lügt? Das will ich nicht. Ich will nicht, daß Sie sinken, ich will Ihr Herz reinigen, ich will Sie aus diesen armen Flittern der Eitelkeit emporheben, ich will Sie retten, nicht verderben. Olga! liebe, liebe Olga! und dann – glaub' mir – ich bin das nicht im Stande, was allen Andern so geläufig ist. O! daß ich dir nicht sagen darf: *Sei mein Weib!* Die Ehe ist ein Sacrament bei uns; und mir kommt es recht erbärmlich vor, dem Manne hinter seinem Rücken sein Weib zu stehlen, und erst deinem Manne. Ich habe ihn lieb und ich achte ihn. Und dann kann ich dich nicht theilen. – Ich kann entsagen, aber dich mein nennen und mein geliebtes Weib in den Armen eines Andern wissen, das kann ich nicht.«

Olga hatte ihm mit großen offenen Augen zugehört. »Was willst du also? Ich verstehe dich nicht, es ist ja doch mein Mann, er hat sein heiliges Recht auf mich –«

»Ist dieses Recht heilig,« entgegnete Wladimir streng, »dann werden wir es nicht verletzen, ich gewiß nicht.«

»Wladimir!«

Olga stieß seinen Namen fast schmerzhaft aus der Brust und hing sich an seinen Hals. »Was soll ich thun? Sprich! Ich will ja Alles, was du willst.«

»Ich will nur, daß wir rechtschaffen bleiben, Olga,« erwiederte er, »und redlich handeln. Liebst du mich?«

Olga preßte ihre feuchten heißen Lippen leidenschaftlich gegen die seinen. »Jetzt weiß ich erst, wie das ist, wenn man liebt,« flüsterte sie, »ich kann nicht mehr sein ohne dich, ohne deine Augen, deine Stimme; küsse mich doch.«

»Nicht so,« sprach er, sich sanft losmachend. »Ich will vor Allem Wahrheit von dir.« Er stand auf und ging durch das Zimmer.

»Hängt dein Leben an dem meinen,« fuhr er fort, »so wie meines an dem deinen hängt, dann *trenne dich von deinem Manne* offen, ehrlich, vor aller Welt.«

Olga zuckte zusammen. »Das kann ich nicht,« murmelte sie, »o! meine armen Kinder! und Mihael! – wie er mich liebt – und was würden die Leute dazu sagen? – meine Ehre schon gebietet –«

Wladimir trat zu ihr und schloß sie sanft an sich.

»Ich übe keinen Zwang,« sprach er milde, »ich verlange nicht, daß du mir folgst, aber dann mußt du deiner Pflicht gehorchen, dieses Gefühl für mich ersticken –«

»Wladimir!« stieß Olga, starr und bleich vor Schrecken, heraus, »du willst mich verlassen!«

Sie warf sich vor ihm nieder und preßte verzweifelt, in Thränen aufgelöst, das Haupt gegen sein Knie.

»Verlaß mich nicht! Um Gotteswillen verlaß mich nicht, ich werde schlecht werden ohne dich, ich werde sterben – ich lasse dich nicht!«

Wladimir versuchte es, sie aufzuheben, sie umklammerte ihn nur um so fester und weinte auf seine Füße nieder.

»Ich werde dich immer lieben,« sprach er wehmüthig, »dich allein und keine Andere, ich werde jeden Tag zu dir kommen. Du sollst durch mich die Dichter kennen lernen, die Geschichten der Vorzeit, die Blumen, die Thiere, die Sterne; ich will deine Kinder lieb haben und deinen Mann.« Er zog sie an sich und küßte sie zärtlich auf den Scheitel.

»Wenn du mich ihm überlassen kannst, liebst du mich nicht,« murmelte Olga.

»Und überlasse ich dich ihm nicht, wenn du meine Geliebte wirst und sein Weib bleibst?« sagte Wladimir bitter.

Olga schwieg.

»Wir müssen entsagen,« begann er wieder.

»Ich kann es nicht!«

»Du mußt es können; ich werde dich nicht sinken lassen,« sagte er leise, »du weißt es jetzt, was du entbehren kannst, was nicht.«

»Ich weiß nichts, als daß ich dich ganz haben muß!« schrie Olga auf.

»Fasse dich,« sprach er strenge, »ich muß fort.«

»Wladimir!«

»Ich muß. Ich lasse dir Zeit, prüfe dich, fasse einen Entschluß und schreibe mir dann, es wird dir leichter werden. Dann will ich wieder kommen, wie bis jetzt, ruhig, herzlich, ohne Groll und – ohne Hoffnung.«

Er bot ihr die Hand.

»Du gehst fort und küssest mich nicht?« rief Olga, schlang die Arme um ihn und sog sich an seinen Lippen fest, daß sie bluteten, als sie ihn losließ. »Geh jetzt,« sagte sie kurz und befestigte ihre losgelösten Flechten. »Geh! – O! – Du kannst nicht gehen – du bist doch recht schwach!«

»In der That,« stammelte Wladimir. Seine Arme umschlangen sie heftig, Thränen traten in seine Augen. »Und deshalb fort.« Er ließ sie los und eilte davon.

Im Schlitten wendete er sich noch einmal zurück. Sie stand auf der Freitreppe und winkte mit ihrem Tuche. – – –

Vergebens erwartete ihn Olga an dem nächsten Tage und auch an den folgenden. Es kam der Sylvesterabend, da konnte er nicht ausbleiben, und er blieb doch aus. Am Neujahrstage kam ein Diener mit seiner Karte.

Olga sperrte sich in ihrem Zimmer ein und brütete, aber sie kam zu keinem Entschlusse. Alle Nichtigkeiten des Lebens, Zweifel, Schmerzen stürzen auf ihr Herz ein.

Sie frägt sich vergebens, was sie will, sie hört endlich auf zu denken, sie läßt sich von den Wogen treiben, vor ihr liegt nichts mehr, als ein großes dämmerndes Glück.

Am nächsten Morgen schlüpft sie mit bloßen Füßen in ihre Pantoffeln und eilt an den Schreibtisch. Sie weiß nicht, was sie schreibt, nur kommen soll er, sie vergeht im Fieber der Sehnsucht. Und der Kosak muß eilig zu Pferde steigen, aber er kehrt ohne Antwort zurück und Wladimir kommt nicht.

Er sitzt an dem Fenster seines Arbeitszimmers in seinem verschossenen Lehnstuhl, aus dem das Werg von allen Seiten hervorkriecht, vor sich die traurige schweigende Winterlandschaft, und liest in einem Buche, das er seine Bibel nennt, aus dem er so oft Trost und Erfrischung geschöpft, in dem *Faust* von *Goethe*. Er hat in seiner Sprache kein Buch, das ihm so lieb wäre wie dieses.

>Du bist dir nur des einen Triebs bewußt,
O lerne nie den andern kennen!
Zwei Seelen wohnen, ach! in meiner Brust –«

Den letzten Vers versteht er heute zum erstenmale, es dämmert bereits, er lehnt sich zurück, schließt die Augen und läßt ihn immer wieder durch seine Seele klingen.

Ein leises Geräusch. Es schleicht wie auf sammetnen Füßen. Es wird die Katze sein, er will sich nicht bewegen. –

Und jetzt, ein halb unterdrücktes melodisches Lachen über ihm. Wie er sich überrascht herum wendet, steht Olga vor ihm, wirft den großen schweren Pelz ab und über ihn.

Ehe er sich herausarbeitet, hat sie ihn schon, auf ihren Knieen liegend, umschlungen und bedeckt ihn mit Küssen.

»Mein Gott! Was thun Sie? Welchen Gefahren setzen Sie sich aus?« rief Wladimir entsetzt. »Stehen Sie auf, Sie müssen fort, augenblicklich!«

»Ich rühre mich nicht von der Stelle,« murmelte Olga, »ich fürchte nichts, ich bin bei dir.« Und sie schloß ihn noch fester in ihre Arme und legte den Kopf trotzig auf sein Knie.

»Olga, liebe Olga, ich vergehe aus Angst um dich; ich beschwöre dich, verlaß mich!« flehte Wladimir.

»Du hast mich verlassen,« erwiederte sie, »ich verlasse dich nicht. Ich bleibe bis es Nacht wird und werde täglich kommen.«

»Um Gotteswillen, nein!« schrie er auf.

»Ich komme doch,« sagte Olga entschlossen.

Er sah sie lange an, als wollte er sie ergründen, er verstand sie nicht mehr; war das noch das scheue, verschämte, willenlose Weib?

Sein Kopf begann zu glühen.

»Hast du über mein Schicksal entschieden,« begann er erregt, »so sprich.«

Olga regte sich nicht.

»Sprich, ich bitte dich, sprich!«

Sie fühlte, wie seine Knie zitterten.

»Ich bin nicht im Stande, zwischen dir und meinen Kindern zu wählen,« erwiederte sie, ohne daß sie ihn anzusehen wagte. »Quäle mich nicht, gib mir, was ich dir gebe: *Liebe*, und frage nicht weiter.«

»Ich muß, um deinetwillen. Olga, liebe theure Olga, antworte mir!« bat Wladimir mit wahrer Herzensangst.

»Ich will nicht antworten,« sagte sie.

»Es handelt sich um dich, um dein Glück, dein Gewissen, den Frieden deiner Seele,« fuhr er fort.

»Um dich handelt es sich,« rief sie aufflammend, »um deine Selbstsucht, um deine ausgestopfte Ehre, deine theuren Grundsätze! Kannst du kein Opfer bringen, wo ich dir alles gebe?«

Wladimir sprang auf; Olga's Zobelpelz glitt an ihm nieder und zur Erde. Auch sie erhob sich, stützte sich auf die hohe Lehne des Stuhles und betrachtete den theuren Mann, wie er in schweren unsäglichen Qualen auf- und abging.

»Ich bin gekommen, um dir zu beweisen, daß ich alles für dich auf das Spiel setzen kann,« fuhr sie mit energischer Betonung fort,

»was nur mein ist, meine Ehre, meinen Mann, meine Kinder, mich selbst. Nun, stoß mich von dir, thu' es!«

»Das will ich nicht,« stammelte Wladimir.

»Nun, was willst du denn?« fragte Olga, indem sie sich ihm näherte. »Ich will ja dein sein, dein Weib.«

»Bist du nicht das Weib eines Andern?« sagte Wladimir kalt und schroff. Jener diabolische übermenschliche Hohn zuckte in seinem Auge, der Olga jedesmal bis in ihr Innerstes erzittern machte.

Diesmal hielt sie seinen Blick verächtlich, mit halbgeschlossenen Lidern aus und sagte dann gleichgültig: »Gib mir meinen Pelz, ich will fort.«

Wladimir legte schweigend den Zobel um ihre Schultern.

Sie ging ein paar Schritte gegen die Thür und blieb dann stehen.

Es faßte sie in diesem Augenblicke wieder mit dämonischer Gewalt, wie Haß gegen ihn, der so fest und frei vor ihr stand.

Sie will ihn quälen und selig machen können, er muß vor ihr vergehen, vor ihr zittern. Sie erträgt es nicht, daß er sie *nicht besitzen will*. So lange seine Leidenschaft nicht Alles verschlingt, seine Bedenken, seine Moral, liebt er sie nicht so, wie es ihr stolzes eitles Herz verlangt. Sie fühlt, daß sie sich ihm ganz hingeben muß, um ihn ganz in ihrer Hand zu haben, wie ein Eigenthum, das ihr Niemand streitig machen kann.

Sie stampft mit dem Fuße und sagt dann kurz und rauh: »Ich gehe nicht.« Ein boshaftes Lachen zuckt um ihre Lippen, während sie sich in den Lehnstuhl setzt und den Pelz fallen läßt.

»Vergib mir,« nimmt Wladimir das Wort, »ich habe dich gekränkt, mir ist es recht leid, sehr leid. Hörst du, Olga, liebe Olga, sprich doch; du kennst jetzt meine Ueberzeugung. Du liebst mich, du kannst nicht von mir lassen, ich sehe das jetzt selbst ein. Ich wüßte auch nicht, wie ich weiter leben sollte ohne dich. Ich bitte dich, entscheide dich für mich, verlaß das Haus, dessen Friede für immer dahin ist, sei mein, ganz mein, ich will dich auf meinen Händen durch dieses rauhe Leben tragen, dir dienen, dich beschützen, nur für dich da sein.«

»Will ich nicht dein sein, *ganz dein?*« rief sie mit fanatischer Hingebung, die Augen groß und ruhig zu ihm aufschlagend.

Wladimir schüttelte den Kopf, setzte sich auf den alten abgerissenen Divan und kehrte das Gesicht zur Erde.

»Du zweifelst?« rief sie. »Nun, du kannst mich nicht überzeugen, aber ich dich.«

Eine sanfte Röthe ergoß sich über ihr Gesicht, sie ging rasch zur Thür, schloß sie und warf sich dann vor ihm nieder.

»Olga, was hast du vor?«

»Komm!« sagte sie, »wie du zitterst. Komm zu mir,« – sie setzte sich zärtlich zu ihm. »Fürchte dich nicht vor mir.«

»Ich fürchte mich in der That,« entgegnete er wie im Fieber, »erbarme dich meiner, geh!«

»Ich erbarme mich deiner und bleibe,« entgegnete sie lachend, »ja, du bist verloren.«

Ihre Pupillen erweiterten sich, ihre Nasenflügel zitterten, und wie sie sich sanft an ihn schmiegte und ihn zu küssen begann, fletschte sie die Zähne, ein graziöses Raubthier in seiner vollen entfesselten Grausamkeit.

»Du erstickst mich mit deinen Küssen,« murmelte Wladimir, »meine Seele ist wie Wachs in deiner Hand.«

Der schöne Satan war aber mit seiner Seele nicht zufrieden. »Du sollst deinen Verstand verlieren,« flüsterte sie, »dann sind wir gleich!«

Und sie küßte ihn wieder mit nassen brennenden Lippen, die ihn wahnsinnig machten, bis er sie an sich riß und unbewußt mit beiden Händen in ihrem aufgelösten feuchten Haare wühlte.

»Sieh mich nicht an,« stammelte sie. –

Und endlich war der Augenblick da, der alle ihre Zweifel, Leiden, Demüthigungen mit einem male auslöschte. Er, den sie liebte, gehörte ihr, kein Blutstropfe war in ihm, der nicht von ihr erfüllt gewesen!

Und wie er ganz aufgelöst an ihrer Brust ruhte und dann hinabsank, vor ihr auf den Knieen lag und sie anbetete, stieß sie ein kurzes triumphirendes Gelächter aus.

»Siehst du,« murmelte sie, »du hast mich verachtet, von dir gestoßen, und da liegst du nun zu meinen Füßen, und wenn ich wollte –«

»Ich habe dich beleidigt, gekränkt,« sprach er leise, wie phantasierend, »nun kannst du auf mir herumtreten.«

»Du kleiner Einfaltspinsel!« rief sie muthwillig«,was hätte ich denn davon? Denke doch nach.«

»Wenn ich noch denken könnte,« erwiederte er. Eine sanfte Trauer lag in seinem ganzen Wesen. »Die eine ungeheure Empfindung verschlingt alles Andere. Ich habe dir meine besten Gedanken, Empfindungen, die Grundsätze eines ganzen Lebens hingegeben, und du bläsest sie, wie die zitternden Kugeln des Löwenzahns, zum Spiele in die Luft. Ich frage dich nicht, was jetzt werden soll, ich weiß nichts, als daß ich dein sein will, dein willenloses Eigenthum, dein Sklave.«

Sie erwiederte nichts, in ihrer Seele war es stille; sie wußte jetzt, was Liebe ist und Glück. – – –

Olga hatte ihrer Amme, kurz nach ihrer Verheirathung, eine kleine Pachtung gegeben, ein unbedeutendes Vorwerk, das sich seitwärts im Gebüsch verbarg.

Die treue diensteifrige Alte wurde in das Vertrauen gezogen, und die Liebenden sahen sich bei ihr in einem kleinen Stübchen, das von Olga heimlich mit förmlichen Luxus eingerichtet wurde.

Wladimir war ihr jetzt ganz hingegeben.

Beide schwammen in Seligkeit. Alle Pein, alles Mißbehagen waren aus Olga's Leben verwischt durch das Gefühl, das ihr im tiefsten Innern saß und von da aus die ganze Welt mit Licht und Glanz erfüllte. Und ein tiefes Bangen war auf einmal über sie gekommen in dem unendlichen Glück, eine mädchenhafte Scham, welche den Geliebten bis in das Innerste rührte. Sie zitterte jedesmal, wenn Wladimir ihr Gewand streifte.

Damals war es, wo zuerst diese zweite Stimme in Olga zu sprechen begann. Es war Wladimirs übermenschliches Auge, das die andere Seele in ihr weckte.

Bei einem Gewitter geschah es. Die Lichter waren verlöscht, nur rothe Blitze erhellten von außen das Gemach und Olga lag schlaftrunken an seiner Brust. Und auf einmal kamen die Visionen und sie sprach zu Wladimir.

Er verstand es anfangs nicht und rüttelte sie am Arme und rief ihren Namen. Sie erwachte jedoch nicht. Da faßte ihn ein namenloses Entsetzen und er lauschte halb neugierig, halb angstvoll Olga's Reden, bis die Wolken sich verzogen hatten, der Donner nur noch in der Ferne grollte und Olga im vollen Lichte des Mondes wie verklärt dalag.

Da faßte sich Wladimir ein Herz und begann sie zu fragen, und er fragte sie: »Gibt es einen Gott?«

»Ich weiß nichts von ihm,« sagte Olga.

»Und gibt es ein Leben nach dem Tode?«

»Nein!« erwiederte Olga.

Da wurde das Blut zu Eis in seinen Adern und das Herz stand ihm still.

Olga sah es und sprach: »Sie kann nichts sehen über den Dunstkreis dieser Erde hinaus, sie sieht nicht, was aus dem Menschen nach dem Tode wird, aber sie fürchtet sich entsetzlich vor dem Grabe, in der kalten Erde zu liegen, wo sie die Würmer essen, sie möchte lieber unter freiem Himmel liegen, aber da kämen die Raben und würden sie zerhacken. Wladimir muß ihr versprechen, wenn sie todt ist, sie in eine Gruft zu legen.«

Er versprach es.

In nicht langer Zeit gewöhnte er sich an Olga's zweite Seele und lauschte gerne ihrer Stimme, und die andere liebte ihn auch. Olga aber hätte ihr Leben für ihn gegeben, die Stunden mit Wladimir verrannen ihr stets wie ein seliger Traum.

Jetzt haßte Olga die Gesellschaft und, nur damit kein Aufsehen entstand, erschien sie noch von Zeit zu Zeit in derselben.

Wladimir kam oft in ihren Edelhof und blieb nicht selten über Nacht. Er schlief dann hier, in diesem Zimmer, in diesem Bette, und Olga –«

Sie stockte.

Jetzt verstand ich alles.

»Und Wladimir war so gut« erzählte Olga weiter, »er brachte jedesmal Bücher und las der Olga vor, und unterrichtete auch ihre Kinder mit einer Geduld wie ein Engel.

Wie das Frühjahr kam, bebaute er mit Olga den Garten. Da war dann keine Blume, die sie nicht zusammen gepflanzt hatten, und es kam auch kein Kohlkopf, keine Rübe auf den Tisch, die sie nicht selbst gezogen hatten, und die Bienen saßen auf Olga's Händen wie gezähmte Kanarienvögel und krochen in ihrem Haar herum. Sie wußte auch jedes Nest im Garten, die Grasmücken im alten Birnbaume, den kleinen Zeisig, die Nachtigall, denn Wladimir zeigte sie ihr und sie sah oft zu, wie die Alten hin- und herflogen und die flaumigen Jungen fütterten.

Im Sommer gingen sie durch die Felder und saßen dann am Waldrand oder auf der Terrasse, den Himmel voll Sterne über sich, und Wladimir sagte ihr die wunderbarsten Sachen aus den verschiedensten Dichtern so aus dem Kopfe, die Verse flossen nur von seinen Lippen.

Olga zeichnete nun auch mit großem Eifer Landschaften und Scenen nach der Natur, und wenn sie etwas erfand und Wladimir betrachtete es und sie sah an seinen leuchtenden Augen, daß er damit zufrieden war, dann gab es kein Glück auf Erden, das dem ihren gleichkam.

Nach der Ernte durchwanderten sie zusammen die Karpathen. Mihael ritt vorne neben dem Huzulen, der ihnen den Weg wies, und Wladimir führte Olga's Pferd am Zügel. Sie bestiegen den schwarzen Berg, sahen den tiefen, unergründlichen, dunklen See auf seiner Spitze und blickten von den höchsten Kuppen des Gebirges in die endlose heimatliche Fläche.

Und wie der Winter sie wieder in das kleine warme Haus bannte, da überzog ihnen die Liebe die alten grauen Wände mit Myrthen und Rosen, und die Musen erfüllten die traute Dämmerung desselben mit Licht und Melodie.

Dann saß ihr Mann mit den Kindern auf dem Sopha, Wladimir in einem der kleinen braunen Fauteuils und Olga an dem Piano. Sie spielte die herrlichen Compositionen der großen deutschen Meister oder sang mit Wladimir ein schwermüthiges kleinrussisches Volkslied. Oft brachte er ein Buch und trug etwas vor, dann lasen sie auch zusammen Scenen aus dem Faust, dem Egmont, aus Romeo und Julia. Dann war er immer Faust, Egmont, Romeo und sie das Gretchen, Clärchen und die Julia, die an seinen Augen, seinen Lippen hing.

>>Es tagt beinah, ich wollte nun du gingst;
Doch weiter nicht als wie ein tändelnd Mädchen
Ihr Vögelchen der Hand entschlüpfen läßt –<<

Fror der kleine Teich fest zu, so liefen sie dort an sonnigen Vormittagen auf Schlittschuhen, und Wladimir lehrte sie die merkwürdigsten Figuren in das Eis schneiden. Wenn sie im Schlitten fuhren, deckte Olga ihren Zobel über seine Kniee und setzte ihre Füße auf die seinen, wie auf einen Schemel. – –

Doch hatte sie auch dunkle schwere Stunden.

Manchmal faßt sie eine tiefe Reue, dann will sie ihrem Manne alles gestehen und ihre wonnevolle Sünde büßen. Manchmal möchte sie wieder mit Wladimir in die Welt hinauslaufen und sein Weib werden, dann halten sie die Kinder zurück und ihre Ehre. Sie schwankt und grübelt und quält sich selbst; aber wenn sie in seinen Armen ruht, an seiner treuen Brust, dann schweigen alle Zweifel, alle Sorgen, alle Gedanken, dann ist sie vollkommen glücklich.

Und doch nicht.

Wladimir schweigt, aber sie liest oft von seiner finstern Stirn die traurige Selbstanklage herab: ich betrüge den Freund, der mir vertraut, ich habe das Weib, das ich erheben wollte, hinabgerissen in Schmach und Sünde.

Sie quält etwas ganz anderes.

Man bemerkt, daß sie schlecht mit ihrem Manne lebt, man bedauert sie, und sie ist so wahnsinnig glücklich, so stolz in ihrem Glück, sie möchte es in alle Welt hinausrufen: ich liebe, ich bin geliebt von ihm, den ihr Alle bewundert, und ich bin die *Erste*, die den Fuß auf seinen stolzen Nacken gesetzt hat.

Sie hat das Geheimniß verlangt, und eben sie erträgt es nicht. Sie möchte sich beneidet sehen und noch mehr ihn, den sie durch ihre Gunst zum Gotte macht.

So wird sie selbst zur Verrätherin an ihrer Liebe.

Jede Gelegenheit, wo sie Wladimir auf irgend eine Weise auszeichnen kann, kommt ihr erwünscht. Nur er darf ihr den Bügel halten, sie aus dem Schlitten heben, ihr den Pelz abnehmen; ihn wählt sie beim Tanze, von ihm verlangt sie Erfrischungen, ihm befiehlt sie, ihr Glas zu füllen, das Geflügel zu schneiden, das sie auf dem Teller hat. Dann nimmt sie einen Bissen und reicht ihm den nächsten auf ihrer Gabel, oder sie trinkt aus seinem Glase und überläßt ihm das ihre, und sucht mit ihrer Fußspitze die seine. Ihre Augen sind immer auf ihn geheftet, oder auf die Thür, wenn er noch nicht da ist, und sobald er eintritt erbleicht sie und wird gleich darauf blutroth. Wenn von ihm die Rede ist, ergreift sie mit Leidenschaft seine Partei, und spricht von seinem Charakter, seinem Geiste mit einem Enthusiasmus, welcher selbst die Gutmüthigsten und Unachtsamsten aufmerksam macht.

Es entsteht ein Gesumme, ein Gerede, ein Gewebe von Wahrheit, Lüge und Niederträchtigkeit, und zuletzt zweifelt Niemand mehr daran, daß Wladimir Podolew der begünstigte Liebhaber der schönen stolzen Frau ist.

Halbe Worte dringen bis zu ihrem Manne, er wehrt sich lange genug gegen den Zweifel an seinem Weibe, endlich faßt er Argwohn und beginnt sie zu beobachten.

So ist ein Jahr vergangen. –

Der Frühling wirft sein holdes rosiges Licht seine ersten weißen Blüthen auf die Freitreppe und durch die offene Thür in den kleinen Saal, in dem Olga mit ihrem Manne und dem Geliebten bei dem kleinen Theetisch sitzt.

Die Luft ist so seltsam frisch und aromatisch, der weite abendliche Himmel flimmert von zahllosen Sternen, die Wachtel schlägt im grünen Feld, das Herz fühlt ein unerklärliches Bangen und Sehnen, eine süße Wehmuth, ein Glück ohne Ruhe.

Um die Lampe summen kleine grünschimmernde Fliegen und weiße Schmetterlinge flattern um die matt leuchtende Glaskugel. Wladimir hat einen Band von Shakespeare aufgeschlagen, Olga blickt über seine Schulter und liest mit ihm:

> »All dies Leiden« – spricht Romeo – »dient
> In Zukunft uns zu süßerem Geschwätz.«
> »O Gott!« – erwiedert Julia – »ich hab' ein Unglück ah-
> nend Herz.
> Mir däucht' ich säh' dich, da du unten bist,
> Als lägst du todt in eines Grabes Tiefe.
> Mein Auge trügt mich, oder du bist bleich.«

Olga fühlte einen seltsamen Stich im Herzen, eine namenlose Angst faßte sie, und sie blickte auf Wladimir, der in der That entsetzlich bleich geworden war.

»Ich kann nicht weiter lesen,« stammelte sie, »mir droht das Herz zu springen!«

»Es ist die Frühlingsluft,« sagte ihr Mann, »schließen wir die Thür.«

Olga tritt einen Augenblick auf die Freitreppe hinaus, kehrt dann zurück und füllt die Tassen. Sie sitzt jetzt dem Geliebten gegenüber.

Ihr Mann beobachtet sie unaufhörlich, und während er in die Zeitung vertieft scheint, bemerkt er, wie sie mit Wladimir einen Blick voll wahnsinniger Zärtlichkeit wechselt. Zu gleicher Zeit berührt ihr Fuß den seinen.

»Es ist mein Fuß,« sagt Mihael ruhig.

Olga fährt zusammen und beugt sich zitternd über den Tisch, sie sieht das furchtbar entstellte Gesicht ihres Mannes in dem Augenblicke, wo er langsam das Zimmer verläßt.

»Du hast uns verrathen,« sagt Wladimir leise.

»Ich fürchte selbst,« murmelt sie; »nun, er soll alles wissen, dann bin ich ja dein, ganz dein, dein Weib, Wladimir.«

Er sieht sie dankbar an und preßt seine Lippen auf ihre Hand.

»O! wie ich dich liebe! – und jeden Tag und jede Stunde mehr und mehr. Du mußt hier bleiben,« fährt sie fort, »wir haben uns so viel zu sagen...«

»Nur heute nicht,« fleht er erschreckt, »ich habe eine schlimme Ahnung; um Gotteswillen nicht!« –

Mihael hustete ehe er eintrat, nahm seinen Thee und klagte dann über Kopfweh. »Gehen wir zu Bett« sagte er dumpf.

Wladimir drückte ihm und Olga die Hand und ging auf sein Zimmer, wo er sich angekleidet auf das Bett warf.

Nach Mitternacht knisterte ein Frauengewand auf der Terrasse.

Wladimir eilte an das Fenster. Alles war wieder still. Plötzlich sprang Olga aus dem tiefen Schatten hervor und faßte ihn mit ihren Händen.

»Das war deine böse Ahnung!« lachte sie.

Wladimir erwiederte nichts, half ihr herein, blickte mißtrauisch in den Garten hinaus und schloß dann das Fenster.

Indeß hatte sich Olga gesetzt.

»Fürchtest du dich vor mir?« scherzte sie. »Du hast alle Ursache.« Und plötzlich warf sie die weißen Arme wie eine Schlinge um seinen Hals und zog ihn an sich. - - - - - - - - - - -

»Mir ist so heiß,« sprach sie nach einer Weile, »öffne das Fenster.«

Wladimir schüttelte den Kopf.

»Was hast du?« rief sie mit silberhellem Lachen. »Ich glaube, du fürchtest dich vor meinem Mann?« Sie erhob sich, öffnete das Fenster und schmiegte sich dann wieder an ihn.

»Ich bitte dich, geh',« sprach er mit zitternder Stimme.

»Es ist nicht dein Ernst,« erwiederte sie.

»Wenn du mich nur etwas liebst, so geh', ich beschwöre dich!«

Olga schüttelte nur den Kopf und spielte sorglos mit seinem Haar.

Da machte er eine heftige Bewegung gegen das Fenster, sie schrak zusammen und wendete rasch den Kopf.

Es war zu spät.

Ihr Mann stand vor ihnen.

Olga lehnte sich stumm, wie erstarrt, zurück, während Wladimir sich mit einem Sprunge zwischen ihn und sie stellte.

»Es ist nicht nöthig, daß du sie beschützest,« sprach Mihael kalt, »ich thue ihr nichts. Geh' auf dein Zimmer, Olga, wir haben ein paar Worte allein zu sprechen.«

Sie verließ mit einem langen schmerzlichen Blick auf Wladimir, der sie mit übernatürlich leuchtenden Augen ansah, langsam das Zimmer, sperrte sich in ihrem Schlafgemach ein und warf sich dann in dumpfem schweigenden Schmerz auf ihr Lager.

Nach einiger Zeit hörte sie ihren Mann auf sein Zimmer gehen, dann den Hufschlag eines Pferdes, dann war lange Zeit Alles still.

Endlich kam ihr Mann mit festem Schritte über den Corridor, sein Rappe wieherte im Hofe, noch wenige qualvolle Secunden und er sprengte davon.

Es war gegen Morgen. Das Licht sank trübe, fahlgrau herein.

Olga ging hinaus.

»Niemand da?« rief sie.

Alles schwieg. Sie ging bis auf die Freitreppe und rief noch einmal. Da kam der Kosak gähnend mit schläfrigen verklebten Augen aus dem Hofe herauf.

»Wo ist Wladimir?« fragte sie. »Und wo ist der Herr?«

»Der Herr hat einige Briefe geschrieben,« sagte der Kosak gleichgültig, indem er einen Strohhalm zerbiß, »und ist dann weggeritten, und der Herr Wladimir, der ist schon früher fort.«

Sie weiß jetzt, daß sie sich *duelliren*, sie wankt in ihr Zimmer zurück, bei jedem Schritte drohen ihr die Kniee zu brechen, das Blut wird kalt in ihren Adern, weinen kann sie nicht.

Sie wirft sich vor dem Gekreuzigten nieder, der über ihrem Bette hängt und schlägt sich mit den Fäusten vor die Stirn, sie hofft, daß

Wladimir ihren Mann, den Vater ihrer Kinder, tödten wird, sie kniet und betet – – – bis ein Reiter die Straße herauf jagt und vor dem Edelhofe hält.

Sie horcht angstvoll, den Kopf zur Seite geneigt, alle ihre Pulse pochen, sie wagt es nicht, sich zu bewegen.

Schritte – – sie fühlt sich dem Tode nahe.

Es ist ihr Mann.

Er steht jetzt vor ihr.

»Er ist todt,« spricht er – seine Stimme zittert – »hier ist ein Brief an dich – der Ehre ist genug geschehen. Du kannst jetzt gehen, wenn du willst« –

Weiter vernahm sie nichts mehr, es schoß ihr wie Wasser in die Ohren und sie sank um.

Wie sie zu sich kam, lag sie noch auf derselben Stelle, ihr erster Blick fiel auf das Kreuz an der Wand.

Sie erinnerte sich nicht, was geschehen war, nur war es ihr entsetzlich wüst und trübe im Kopfe und das Herz wie wund.

Dann entdeckte sie den Brief, sah ihn an und langsam kamen ihr die Gedanken zurück, aber sie war wie versteinert in ihrem Schmerze, die Thränen stockten ihr, beinahe theilnahmlos öffnete sie den Brief und las:

»Mein geliebtes Weib!

»Du warst mir Alles, mein Leben, mein Glück, meine Ehre. Für dich habe ich gefehlt, gesündigt, meine bessere Ueberzeugung verleugnet. Das, was ich that, verlangte eine ernste Sühne.

»Sobald du diese Zeilen lesen wirst ist mein Schicksal erfüllt. Weine nicht um mich. Du hast mir ein Jahr meines Lebens so mit Liebe und Seligkeit erfüllt, daß es ein ganz armes Menschendasein aufwiegt. Ich danke dir.

»Sei glücklich, und kannst du es nicht sein, so sei rechtschaffen und erfülle deine Pflicht.

»Laß mich fortleben in deinem Angedenken. Leb' wohl.

Für immer

Dein

Wladimir.«

Olga legte den Brief schweigend zusammen, stand auf, kleidete sich an und begann ihre Sachen zu packen. Sie wollte das Haus ihres Mannes sofort verlassen.

Da hörte sie ihre Kinder im Corridor, riß die Thür auf und wie sie jubelnd an ihrem Hals hingen, fiel sie schluchzend vor ihnen nieder und – die Koffer blieben offen stehen. – –

Man fand Wladimir im Birkenwäldchen von Tulawa. Dort ist der stillste Ort auf zehn Meilen in der Runde. Der Feldhüter der Gemeinde – der Leopold kennt ihn ja – der Capitulant stieß auf ihn, wie er das Gehölz durchstreifte.

Er lag auf dem Rücken, die Kugel in der Brust, die Pistole in der Hand.

Man fand bei ihm einen Brief, wie ihn Jeder schreibt, der sich auf Tod und Leben duellirt. So war es eine ausgemachte Sache, daß er sich selbst erschossen hatte, und man begrub ihn außer der Mauer des Friedhofes. –

Was jetzt noch kommt, ist das Alltägliche, das Gemeine, doch es gehört dazu.

Olga verabscheute ihren Mann von ganzer Seele und sie blieb doch bei ihm; sie wurde vor Kummer fast toll, oft faßte sie ein dämonischer Haß, sie hatte schon die Pistole geladen, mit der er Wladimir getödtet, um ihn zu erschießen, und – sie blieb doch bei ihm, denn sie erträgt es nicht, nicht geliebt zu werden, und es thut ihr wohl, daß er sie liebt, daß er leidet, in dem furchtbaren Gefühl, daß sie sein ist und doch nicht sein.

Das Leben wird ihr oft recht schwer.

Eine tiefe Blässe lagerte sich seit jener Zeit auf ihrem Antlitz; ihr Herz ist krank und in der Mondnacht muß sie wandern, ruhelos! – –

Sie schwieg.

»Jetzt weiß der Leopold Alles,« sagte sie dann mit stiller rührender Ergebung, »jetzt wird er die Olga verstehen und – schweigen.«

Ich hob die Hand wie zum Schwure.

»Er wird sie nicht verrathen, ich weiß es,« sagte sie, »gute Nacht. – Der Hahn hat das zweitemal gekräht, im Osten liegt ein Streifen Licht wie Milch. Ich muß nun fort.«

Sie ging langsam, ihre prächtigen Glieder dehnend, und fuhr mit beiden Händen durch das Haar, das unter ihren Fingern knisterte und Funken gab. Im Fenster wendete sie sich noch einmal und legte den Finger auf den Mund.

Dann war sie verschwunden. –

Ich horchte lange, stand dann auf und ging an das Fenster. Ringsum war nichts als das niederfließende Silber des Mondes und die tiefe dämmernde Nachtstille.

Als ich am Morgen in den kleinen Speisesaal kam, lud mich der Gutsherr ein, mit ihm das Frühstück zu nehmen. »Dann werde ich Ihnen selbst den Weg zeigen,« sagte er zuvorkommend.

»Wo bleibt unsere Herrin?« fragte ich zögernd.

»Meine Frau ist unwohl,« entgegnete er ziemlich nachlässig, »sie leidet stark an der Migraine, besonders bei Vollmond. Wissen Sie kein Mittel dagegen, mein Lieber? Ein altes Weib hat mir saure Gurken gerathen, was halten Sie davon?«

Wir verabschiedeten uns erst jenseits des Waldes.

Trotz seiner freundlichen Einladung vermied ich es, ihn zu besuchen, und jedesmal, wenn ich Nachts an dem einsamen Edelhofe mit den düsteren Pappeln vorbeifahre, kömmt noch ein wehmüthiger Schauer über mich.

Ich habe Olga nie mehr gesehen, aber im Traume erscheint mir noch oft ihre liebliche Gestalt mit dem edlen bleichen Haupte, den geschlossenen Augen, dem offenen wollüstigen Haare.

Über tredition

Eigenes Buch veröffentlichen

tredition wurde 2006 in Hamburg gegründet und hat seither mehrere tausend Buchtitel veröffentlicht. Autoren veröffentlichen in wenigen leichten Schritten gedruckte Bücher, e-Books und audioBooks. tredition hat das Ziel, die beste und fairste Veröffentlichungsmöglichkeit für Autoren zu bieten.

tredition wurde mit der Erkenntnis gegründet, dass nur etwa jedes 200. bei Verlagen eingereichte Manuskript veröffentlicht wird. Dabei hat jedes Buch seinen Markt, also seine Leser. tredition sorgt dafür, dass für jedes Buch die Leserschaft auch erreicht wird.

Im einzigartigen Literatur-Netzwerk von tredition bieten zahlreiche Literatur-Partner (das sind Lektoren, Übersetzer, Hörbuchsprecher und Illustratoren) ihre Dienstleistung an, um Manuskripte zu verbessern oder die Vielfalt zu erhöhen. Autoren vereinbaren direkt mit den Literatur-Partnern die Konditionen ihrer Zusammenarbeit und partizipieren gemeinsam am Erfolg des Buches.

Das gesamte Verlagsprogramm von tredition ist bei allen stationären Buchhandlungen und Online-Buchhändlern wie z. B. Amazon erhältlich. e-Books stehen bei den führenden Online-Portalen (z. B. iBookstore von Apple oder Kindle von Amazon) zum Verkauf.

Einfach leicht ein Buch veröffentlichen: **www.tredition.de**

Eigene Buchreihe oder eigenen Verlag gründen

Seit 2009 bietet tredition sein Verlagskonzept auch als sogenanntes "White-Label" an. Das bedeutet, dass andere Unternehmen, Institutionen und Personen risikofrei und unkompliziert selbst zum Herausgeber von Büchern und Buchreihen unter eigener Marke werden können. tredition übernimmt dabei das komplette Herstellungs- und Distributionsrisiko.

Zahlreiche Zeitschriften-, Zeitungs- und Buchverlage, Universitäten, Forschungseinrichtungen u.v.m. nutzen diese Dienstleistung von tredition, um unter eigener Marke ohne Risiko Bücher zu verlegen.

Alle Informationen im Internet: **www.tredition.de/fuer-verlage**

tredition wurde mit mehreren Innovationspreisen ausgezeichnet, u. a. mit dem Webfuture Award und dem Innovationspreis der Buch Digitale.

tredition ist Mitglied im Börsenverein des Deutschen Buchhandels.

Dieses Werk elektronisch lesen

Dieses Werk ist Teil der Gutenberg-DE Edition DVD. Diese enthält das komplette Archiv des Projekt Gutenberg-DE. Die DVD ist im Internet erhältlich auf **http://gutenbergshop.abc.de**